o ausente

o ausente

Edimilson de Almeida Pereira

A Prisca

"Vaghe stelle dell'Orsa, io non credea
Tornare ancor per uso a contemplarvi"

Leopardi, *Le ricordanze*

11
ausente

31
rumores

115
sempre-viva

129
sobre o autor

ausente

Sob o lençol de algodão Djanira dorme – dá para ver no tecido os grumos de um fio que não foi estirado por inteiro. Deja se interna no tempo, o dos sonhos, que tanto bem lhe faz. São quatro horas da manhã, não há sinal do sol que entra pelo curral e faz as moscas brilharem. Nenhuma rês ruminou. Nada se escuta na distância da porteira ou na cumeeira da casa. Não sei há quanto tempo estamos aqui. Sei que te chamei *minha flor, meu amor* – tenho há muito colhido os ramalhetes de sempre-viva e os deixado sobre a mesa. Gostas ainda? Sei que sim. Quem sabe? O que sei? Continuamos enfiados no destino como linha na agulha. Indo. Vendo. Persistentes na lira do teu compadre Zé Lino, que dizia *réis de preto rico demora a enricar*. É uma injúria que não devia ser, mas está por todo lado. Por causa dela nos rebelamos, perdemos prestígio, viemos parar nesse deserto: entre os braços torcidos caímos. Enricamos. Subimos a escadaria. Amamos esse Ausente, lugar de aves esguias e flechas que atiramos, quando necessário. Vejo no terço dos teus dedos a noite enovelada. Somos dois velhos negros azuis, de pé, lúcidos, mirando o paiol incendiado. É o mundo lá fora, Deja. Aqui, ao pé do fogo. No cerne desse Ausente, tu professora, eu leitor de chuvas, vivemos. Em casa aberta, para quem vier estudar e se curar. Sim, o estudo é um remédio, Deja. Abrimos uma farmácia de enigmas no Ausente. Não são poucos os que depreciam isso. Mas são muitos – até quem deprecia – a baterem palmas, esperando ser atendidos para uma conversa. Depois, vão embora, dizendo que nem parecemos tão velhos, quando lemos a folha de um livro agreste. A madrugada não se deixa ir. Atacada pelos morcegos parece adiar algum acontecimento. Em breve, vou me arrastar pelo corredor estreito que leva do nosso quarto até a porta da sala, daí para o alpendre e, por fim, ao quintal. Vou me esgueirar entre a borda do poço e as moitas de ervas. Logo, sob a luz fosca, vou me encostar à parede do curral, do lado por onde sopra o vento frio da manhã. Colocarei o cano da espingarda sob o queixo. A mão, sempre ela, põe em melhor ordem aquilo que conhece. Ficarei agachado para dar altura entre o meu rosto e a coronha da arma apoiada numa pedra. Pode ser que, ao arrepio do vento, a manhã ainda me alcance. Ninguém terá ouvido a seta metálica entrando no osso. O açude, ao longe, continuará verde e silencioso. Porém, nesse instante, me aperto sob o lençol e sinto tua respiração, Deja. O que vem a seguir é um punhado de palavras colocadas no pilão. Socadas e moídas elas me dizem que nem tudo aconteceu e, se aconteceu, talvez eu não estivesse lá. Era outra pessoa, vivente de outras histórias. Tanto era outro, que estou aqui, resignado, contando os minutos à espera do dia.

Djanira, depois que tudo estiver esclarecido, não sei se me chamarás de companheiro. A ver, Deja: mas nem tudo é triste. Se o teu ódio por mim for o preço de alguma verdade, que seja. Fico com a dureza do osso, sem nenhum veludo para amenizar o ruído quando ele bater no fundo da caixa. Não sei se me aceitarás. Rompi o compromisso que foi, até então, o eixo da minha vida – e por infeliz consequência, da tua também. O que vier de tua reação não será doloroso: será algo posto sobre a mesa à maneira dos copos, ainda mais límpidos quando a água os preenche. Engana-se quem vê tristeza na doença ou na morte. Tristeza para mim é o erro de termos sido deixados à mercê de nós mesmos. Um erro *ab alto*, escondido sob a beleza da língua. Crescemos demais para sermos abandonados ao nosso destino. Se tivessem nos permitido uma infância sem amanhã, talvez, ainda houvesse paz. Ao redor, entre os grumos. Na curva do rio: na linha final de nossas veias.

Para o meu tio Anastácio – que se esmerou em ser avaro com as ariranhas atirando no escuro até ferir mãe e filhote – o nosso abandono foi coisa premeditada por um deus que se refugiou no céu, que desaprendeu a estar entre os corpos e os porcos. Esse meu tio mirou o próprio coração quando me disse "Não sou homem de deus, não sou propriedade nem negócio de ninguém. Se deus quiser, venha comigo, de lado a lado na estrada. Se for do jeito que ele insistir, eu atiro no meio. No triângulo." Esse meu tio não aceitava sem resposta a palavra de deus e tinha ojeriza a seus discípulos: desde que me lembro, Anastácio foi um teólogo desinteressado da religião. Talvez, por isso, um teólogo, que aprendeu das próprias feridas. Saí ao modo desse meu tio, letrado sem eira nem freio. Fiquei, como era costume dizer em casa, com o seu olhar, uma espécie de lupa. O olhar de fazer crescer o mundo para melhor entender suas engrenagens. Se digo *tudo é muito triste*, Deja, não é para me lamentar. É para colocar os dados sobre a mesa e abrir um jogo que contraria o deus com o triângulo na testa.

Como se vê, uma vida ao jeito da minha é um labirinto. Porque é uma vida sem ontem nem amanhã, concentrada no é: no agora dentro do agora. No desespero de achar uma saída sem ter ideia do lugar por onde entrei. Se tenho uma direção, ela é contrária, e me leva a pensar que onde ele não está, ainda assim o Luminoso me enforca. Dei-lhe as costas, pouco me interessam os outros: olhando à frente, imagino ver o melhor que nem deus nem suas criaturas chegaram a ser. Nunca morri de amores por deus, me culpei por isso até descobrir que não precisava colocar a mão dele acima da minha cabeça. Nunca afinei com o deus reduzido a um prego que não afunda. Esse deus sem ferrugem expulso da boca incerta dos homens. Larguei dele: desfiz o par – fiquei com a ideia de ser livre para ser eu-mesmo: um polifemo. Despregado desse prego, vi que os outros não me interessavam. Deus me detesta, não me interesso por ele. Perde-se a fé com o excesso de ordens e a carência de enigmas. Aquelas são a foice. Mas esses são borboletas sobre a macega. Alegria caindo de um balaio de flores. Pelos enigmas, o lado severo da gente vai à janela e se debruça. Pelo menos deveria ter sido assim: eu na minha janela, tudo em volta roda gigante, daquelas que só crescem em noite de estreia do circo no povoado. Porém, o erro do alto gerou filhos, filhas e sentenças. Estou atormentado pela presença daquele corpo incendiado aos domingos. Pelo teu amoroso corpo, Deja, pelo navio em outros corpos onde naufraguei. Em ti, em todos a mesma alegria em vala de estrepes.

Eu também fui estrepe.

Teria sido feliz se me dessem a ordem que não têm as ramas no campo. Vão aonde querem, entre os rochedos. Entre as lembranças de um oceano que faliu. Eu teria esse direito, Deja, se vivesse por mim, se ninguém dependesse desse guizo que a bem-aventurança me pôs no pescoço. Não sou o bem de que precisam. Eu me danei, todos deveriam fazer o mesmo, levando a mala que lhes cabe. De mim fizeram o que é bom sem nunca se darem conta do que fizeram a eles próprios. A morte deveria vir aos pronomes, antes de se enganar tateando a carne dos homens.

Sobre mim e sobre tudo o que se dissolve eles dizem algo, fazem um juízo. Eles dizem muitas versões de um caso único. Se aconteceu ou se vai acontecer, não importa. Dizem isso e aquilo, e o que vale é o que dizem. Ao contrário de minha vida que, ao meu ver é, e se basta. Eles dizem sobre o musgo e a raiz, dizem do pelo e da bicheira nas costas da tarde. Alongam a fila das ideias. Dizem dizem dizem, incessantemente dizem, invadem a espessura do leite, a formação de um pistilo. Dizem dos bichos, das plantas, dizem no lodo a sua ira. Dizem no ar que está em tudo. Dizem e voltam a dizer esquecendo-se, muitas vezes, de que quem os ouve, também dizendo, mal se apercebem da rede furada que estão a tecer. Mas, para que receio? É isso mesmo o que pretendem: não entenderem os outros e nem serem entendidos. A vida é curta, tudo é triste. O bom é desenferrujar a garganta, a língua, os dentes. São ferramentas que estragam com ou sem chuva. Não servem senão para isso, para o exercício de si. Para se mostrarem ao final da missa, no domingo. Depois do grito do animal sacrificado. Antes do prato que se enche e faz da boca um acordeon: indo e vindo, em música que oferece um certo divertimento.

Eu não sou desses. Sou por minha escolha. Também mastigo o pão em grandes nacos. Não sou por nascimento o que esperavam de mim: o cordeiro em brandas nuvens. O mundo é um campo ressequido, gris – atravessado por um boi branco. Tudo dado à morte. Se eu fosse um desavisado, como o policial que guarda o pasto sem entender os seus rastros – se eu fosse um, qualquer graveto, eu não sobreviveria. Me fiz ver: mulungu florido diante do paredão de pedras negras.

Então: dizem dizem dizem dizem às dúzias de palavras. Ao mesmo tempo, sem que o assunto esteja definido. Eu os entendo. Eles se desentendem. Entenderam-se alguma vez? Estão casados, vivos, imersos na onda da madrugada. Sentiram o ruflar da pele, quando uma sombra se entremostrou. O que, quem era? Põem o xale sobre a cabeça, o terço sob uma camisa de trabalho: vão ao duro serviço, não durarão o suficiente para uma viagem à cidade: estão entre os primeiros ruídos da terra, querem ficar aqui e me chamam por alguns nomes: posso ouvi-los, desde suas covas ou de suas varandas. É com eles que tenho de partilhar a mesa e a latrina, o sorriso. Não posso viver com eles, nem sem a companhia do que dizem: eles. Estão nos matando a cada dia, a mim e a minha esposa Djanira. Mas os recebemos com a receita da família. São amigos na ordenação das festas: sem eles não há Santa Cruz nem São João, não há novena de Páscoa, nem calafrios de Quaresma. Imagine uma virada de catira sem eles. Ninguém se imagina sem eles, e ninguém suporta essas boas horas com a presença deles.

Eles dizem, dizem tanto de tudo e de todos que somos obrigados a dizer que não somos como eles. Mas se o dizemos é por desencargo de consciência. Dizemos que outros não terão feito o mesmo. E dizemos que não somos como eles. Somos nós, como nós, que dependemos deles para amar e morrer. Somos uns. Eles, outros: eles. Nós, de tanto convivermos somos uns deles: os outros. Antes que digam alguma linha a meu respeito – e por certo dirão –, advirto que tudo aí exposto é o óbvio: um capítulo de algo que se iniciou para logo ter um fim.

Compreender as finalidades foi sempre o meu ponto fraco. Nunca me cansei de especular o porquê dessa hora triste-nessa-noite. Eu poderia embrulhar esse sentimento e esse tempo nas teias que teço, às vezes, sem motivos. Teias para envolver e esquecer. Mas não essa noite, não posso deixar que ela se perca sob o risco de eu também me perder. Foi tudo deveras simples para que se tornasse difícil de se desfazer. Sou um homem de muitos nomes. De berço, sou Inocêncio. Vingou esse sobre os demais. À frente se verá que um empelicado não é uma criança como as outras. Ele não é de si mesmo. As obrigações o impedem de ser pele e osso apenas. Ele tem de ser engolido e devolvido, secado e molhado a vida toda, sem condescendência. Isso se ele quiser ter direito a alguma satisfação.

Pois bem, eis o caso.

Quero me matar porque rompi um pacto. Nasci para curar mas, pelo desprezo à convicção, entendi que duvidar me dava mais alegria. A palavra dita na raiz da língua faz existir o que ela diz – a lucidez ou a sandice. Foi-me dito, e ainda menino entendi de ser mais que essa língua. Eu quis ser a coisa, mesmo em silêncio. A coisa rara independente do verbo. Segui, no entanto, errando às expensas dos meus acertos. Fiz-me bom. A serviço de. Despojado. Dos piores males que já curei tem essa doença do ar. Se pega a gente, é como um travo de capim-gordura: macio e carinhoso. Vindo de onde não sabemos, sua mão suave é, depois de um tempo, um sebo asqueroso. Atravessado de vazio. Esse mal bonito caminha no ar, sem que a gente saiba de onde é que vem. De tanto dar florações, há quem o chame de ramo do ar, mas quando pega um, dois, dez, adoece sem clemência. É um vento que dá nas juntas. O mais cruel é o ar de *paluchiva*. Esse mata. Os ossos ficam cheios de vento.

Coisa de três meses atrás, Deja me acordou no meio da noite, dizendo que dois homens batiam à porta. Corri, atendi, eram dois homens de Lagoa dos Botes. Um lugar de outro lugar, como eles gostam de dizer. A verdade é que poucos vão para aqueles lados, mas eles sabem que lá a água é salobra e a terra esturricada. É o modo que eles têm de nos assustar, sempre, porque se tem notícia de um capim que nasce salgado e que faz bem aos bois e às vacas. Talvez isso explique a debandada de rês para aqueles cantos e tamanho desespero de quem volta de lá, falando e dizendo, dizendo mais temeridades de quem lá vive e ganha o seu grão. O fato é que os homens me puxaram, implorando por um certo Zé Vítor, que estava às portas da morte. Dizem, digo que é "um certo" porque sua folha corrida era longa, feita de pequenas maldades. Nada de tirar a vida de ninguém, nem desatar sangue. Não, nada que merecesse ser dito. Mas aí estava o problema: ninguém dizia, ou dizia pouco de Zé Vítor porque suas maldades quase invisíveis formaram, com os anos, um rosário de fraudes. Um rosário que enrolava pelo pescoço gentes da Lagoa dos Botes e das lagoas e descampados ao redor. O Zé Vítor se tornou um mal bom, diziam. Um mal que não se pode matar, porque é terno e leva muita gente à amargura.

Me chamaram, fui, noite afora, com eles. Foi o tempo de puxar o embornal, cobrir a cabeça e amarrar as botas. Fomos. Era bonito o caminho, sem luz nenhuma, clareado apenas pelo ruído dos cascos dos cavalos. O meu legado de que deve curar falava comigo: *vai, faz o que tem de ser feito. Não mede o sofrimento de quem sofre pela língua de quem fala.* Era uma noite turva e bonita, dada a figurações estranhas. Abanquei do cavalo, um dos homens segurou as rédeas e foi se esconder no escuro, atrás da casa.

Entrei. Saudei D. Quitéria, esposa de Zé Vítor. Ela era uma mulher com a vida nos olhos. A idade – avançada no rosto – não condizia com a vida que trazia entre-cômodos. Embora não se visse, era tecida em flores a sua maneira de estar com a gente. Sem mostrar, era alegre. Mostrando-se, tínhamos receio de naufragar à margem dos seus açudes. D. Quitéria ficou conhecida por desfazer os males do marido, e não havia quem não afirmasse ser ela a cabeça dentro da casa. Não era uma pessoa para estar prisioneira naquela Lagoa dos Botes. Havia um mundo nela, para ela. Saudei-a novamente, com o chapéu colado ao peito. D. Quitéria se inclinou e, por um lapso, concordei que aquela curva de pensamento deveria ter escapado, há muito, dessas paredes, desses móveis, desse fim-de-lugares. Pedi-lhe, por fim, que me levasse até o quarto e me deixasse a sós com o doente. Entrevi o calor à volta de Zé Vítor, mais intenso que o das velas, não tive dúvidas: é o ar de *paluchiva*. Estremeci. Sei o que fazer para lhe dar uma noite alongada e, quem sabe, alguns dias para se ver além das fundas rugas. Desviei-me do paciente para escutar em mim a música de outra reza impossível, que rastreio quando é preciso ralhar com as mordidas de cobra:

> Laia, Ladaia, Lama, Sabatana,
> Ave-Maria
> Oh, meu sol a pino, permita
> que por meio dessa palavra
> eu suma o veneno dessa peçonha.
> E livre esse corpo que é Linho,
> Lami, Isaão, Filamim, Sabatana
> Ave-Maria.

Olhei, na morsa do quarto, o mal cheio de bondade de Zé Vítor. O suor era uma lava transparente, que descia pelo corpo e ardia nos cobertores. Pus-lhe as mãos e recuei. Naquele corpo estavam lutando outros corpos, um querendo tomar a vez do outro. Querendo nascer, mais forte do que aquele Zé Vítor preso por um fio à vida. Antes que eu, com as mãos prevenidas, tentasse repetir o gesto, um rumor se aventou na boca do adoecido. Eram coisas sobre mim ou sobre ele? Não sei. Havia um silêncio de cerimônia e o rumor, aos poucos, nos emparedou.

Meus erros andaram mais depressa que os meus acertos, sussurrou Zé Vítor. *Eu queria de outro modo, mas se o perfeito é o torto, seja. Me disseram que não virias. Eu sabia que sim. Pelo teu dever de empelicado, menos pela tua gentileza. O pavor? Esse era carma dos outros, que não te conhecem como eu. Só a eles cabia perguntar: por que virias se o moribundo era do mal? Já não seria um caso perdido, já não estaria cumprindo, apesar do atraso, a sua pena? E ainda diriam que a mão do bem não toca a mão do mal. E eles teriam, pelo menos, uma parte de razão. Porque, pela outra parte, nós sempre fomos um devir: a minha morte sendo necessária para afirmar a tua grandeza. Afinal, somos iguais. Ponta e furo que nascem do mesmo baque. Um desfazendo o que o outro fez e sem a intromissão de nenhum outro ninguém. Aliás, tu e eu concordamos que os nomeados de deus nos afastaram de deus. Eles, por negarem o inferno em si acabaram por torná-lo real para os outros. Por esses anos todos, sem cruzarmos em nenhuma porteira, estivemos lado a lado. Sem deus nem réus. Se minha bondade não torturasse alguém, como aprenderias um jeito para me deteres? E como eu me deitaria em delícias se não soubesse de tua recusa aos procedimentos? Ah, meu caro, tínhamos que deixar o mal à mostra. Essa alegria para ser cortada. O meu e o teu, sob os braços de Quitéria e Djanira.*

Não poderias curar quem não estivesse doente. Precisavas de mim e de outros, como eu, incendiados. Incendiadores. Falaram disso para ti, quando nasceste. A mim também. Nasci antes de ti, envelheci, envelheci aos tropeços, para estar macerado quando esse encontro acontecesse. Ouvi as mesmas palavras que ouviste no teu nascimento, mas não me resignei, como tu, a um lado apenas do fruto. Ao ruído mínimo de cada palavra. Curei e caguei sobre as feridas. Apodreci de dinheiro e gado. Larguei de fazer melhor ao corpo dos outros: isso era pouco. Desdenhei de rezar sobre a rosa vermelha e o osso rendido. Deserdei a mim mesmo da herança dos empelicados. Me recusei a ser o espelho daquele que está aqui desde o princípio e que chamam, na ausência de outro nome, de a ferramenta das ferramentas. Dizem, dizem, dizem que ele É O. E se for? Que seja para o bem de nossa carne e espírito. Se ele for O – e penso que poderia ser – deve estar cansado de nós. Afastou-se para cuidar de sua horta e de outros que não somos nós. Deus quer é distância do que nos tornamos. Gritamos o seu nome porque ele descobriu bondade em outras criaturas, e se foi: nossa voz o ensurdece. Gritamos sem a precisão da árvore, do vento, da onça. Toscos, arranhamos a garganta, ferimos os ouvidos do céu. Somos um erro da palavra e aquele que É não lê por linhas tortas. Tu me entendes, Inocêncio? Não desisti de curar – desisti de nós, que não merecemos o pão de ló da alegria. Larguei mão da ferramenta, mas permaneci hábil com as palavras, sendo generoso à guisa de vício. Cedi os meus pastos, de bom grado, aos meeiros que apareciam por aqui. Se essa fama se arruinou não foi por falta de meus braços enlaçados à fortuna. Terei me enganado ao cobrar demais dos meus parceiros? Lucrei mais do que amei? Fiz fortuna sobre o esqueleto alheio? Quem não o fez? Tenho somente as garras – que a vida me exigiu ter – não o lobo inteiro, como dizem por esse país sem paz.

A noite turbava, lá fora. Entendi o porquê da distância que se tomava da Lagoa dos Botes. Mas e a beleza – não havia alguma nesse horror do Zé Vítor? Um homem crispado, contrário à vida. Não à vida de verdade, mas a essa vida mesquinha de quem reza aos ares e mata seus pares. Zé Vítor caiu, foi à amargura porque esteve, um dia, na torre, olhando o vai e vem das cabeças. O seu lado espinhoso foi podado na lira de D. Quitéria. Soube que ela andara, quando jovem, com Djanira: duas mulheres dentro de outra vida, senhoras de si. Uma e outra, nessas noites todas, não se perderam ao redor de dois homens que se arruinaram. Zé Vítor e eu oscilamos, fomos à pique: Djanira e D. Quitéria, não. Que estranha coincidência essa, parecermos os senhores da história e, no fundo, ficarmos à mercê de nossas companheiras. Não, não é uma coincidência. Sei o porquê dessa situação e me calo, não é o momento para esquentar os calos. Mas, antes de cortar o assunto, digo, é isso: o mundo é injusto. Não há que haver maior nem menor, muito menos um pau roto de homem no centro de tudo. Que o cerco se feche, dentado, sobre esse arremedo de mandatário. E viva a nuvem silente das sempre-vivas. Viva a saia de melissas no campo. Se estivesse aqui, Deja me obrigaria a correr com os ofícios. *Fica com os pensamentos, mas age,* ela me diria.

Os lençóis mal escondiam o corpo em brasa de Zé Vítor. Então me apressei. Tirei uns poucos apetrechos, intocados até aquele momento, e depositei em um, em dois, em três sobre o criado-mudo. Súbito, a mão de Zé Vítor me interrompeu. Deixei que pousasse o fogo, porque outras ordens também me queimavam. Ele prosseguiu. *Não. Tens que fazer, mas não tens que prosseguir até o terceiro apetrecho.* Gelei. Embora fosse um murmúrio, escutei dentro de mim, com absoluta clareza suas palavras. *Não tens que usar a última chave. Não temos aptidão para andar ao lado do mais forte. Detestamos deus, por isso. Ele nos sabotou colocando o peso de sua graça em nossas mãos. Eu decaí, com apreço pelas coisas humanas. E tu – quando te levantarás? Para ser livre é preciso assoprar: deus é uma ferramenta perigosa demais. Lancei fora essa faca de dois gumes. Houve surpresa? Sim, houve, mesquinha e melhor que a revelação. A gente só descobre que vive quando tira a argola do pescoço. Quando vai, por conta própria, desmontar a forca. Quando vai e se recusa ao banho na bacia de ácido. Não carecemos disso para vermos: os olhos estão na altura das coisas. É questão de ter gosto, e raiva, para olhar o que se quer olhar. Sem o dedo de alguém apontando o boi, a raposa. Sabemos de quem é a mão inteira que rapina.*

Fiquei atento aos sopros de Zé Vítor. Sem querer concordar com ele, mas lhe dando razão. Aqui dentro a noite. Lá fora um grito de alma de gato – um felino em pele de pássaro, os dois inimigos juntos, em hora abrasadora. Aos poucos, acomodei dois dos três apetrechos na cabeceira. Era preciso decidir. Esse homem à minha frente, querendo viver seu último segundo não é exatamente a sarna de que ouço falar há tempos. Há sangue sobre a sua pele, o rastro violento nos objetos à sua volta. Me pergunto se é possível poupar D.

Quitéria desse inferno. Dúvida minha, porque – dizem, faz tempo ela tem o pescoço acima da cerca.

Estou face a face com o vizinho de má companhia. Ele sabe de mim, mais do que o deus que me ofereceu emprego. E se ele estiver certo? Zé Vítor é uma pessoa de experiência, tira parte dela quando bem deseja. Dizer que não o escutei é um engano, porque sinto a faquinha de ponta de sua voz me acossando. Isso dói, tem me ferido a vida inteira, mas agora é que aprecio o talho: não sinto a carne, pouco importa medir se é tenra. O terror não está na carne, erraram todos que apostaram nisso. É bom esse calor túrgido, frescor vermelho. O horror é o que nos toca, mão violenta, palavra pérfida. Isso é o sofrimento da carne. Eis o que Zé Vítor me expõe e eu aprecio, sabendo que arranha minha herança de homem do bem.

Mas não é isso o que somos?
Os enganados pela macia palavra?
Os matadores de aluguel que adiam os seus crimes?

Uma batida na porta me traz de volta ao quarto: por onde seguiria essa viagem? Talvez terminasse ali, na soleira ou na várzea funda, do outro lado da fazenda. Quem passa por essas terras leva a si mesmo aos solavancos, ou é levado, com brandura, a se arrepender. Outra vez, outra batida. A porta se enerva. Sou obrigado a abri-la. D. Quitéria se aproxima, a voz enrugada, esperando notícias. Pelo visto, engravidou dessa notícia de excelências desde que o marido lhe ordenara: *Chama o Inocêncio para uma conversa.* Não havia muito o que dizer, mas eu sabia que ela ensaiava o réquiem, enquanto fazia as ordens da casa. Pode ser que se visse à cabeceira do marido morto, ungindo sua fronte e murmurando:

> Uma incelença
> É da Virgem
> Senhora da Soledade
> Só nossa mãe é bendita
> E dolorosa imaculada

Ou, sabendo de suas ofensas, via-se a segurar-lhe os pés para adiar o frio do inferno. Não havia jeito de separar os pecados da vida que tivera o seu companheiro. O remédio, se havia, era entregar-se ao medo. Mas não como a gente que se deixa guiar por uma voz investida de enganos. Não, o medo de D. Quitéria foi sua enciclopédia, abriu-se e deixou-se ler. Naquele assunto, homens que erram, D. Quitéria entendeu que errar era descumprir a lei, mas que leis, se perguntava. Algumas são dignas, outras nem tanto. Errar era trair, fazer morrer a lua, inundar de fel a taça e tirar o sono do pai. Ruínas eram a gema do erro. Mas era também, conforme lhe ensinara o medo, sair do caminho e escorregar as ribanceiras, descendo alegre e sem freio. Era ser humano sem a carapaça, exposto às unhas com suas partes desprotegidas. Errar, que bela erva, era amar contrariando o medo. Era luzir e zelar, ser de si para ser de alguém. Inocêncio fez tudo isso, foi um erra-mundo, aceitou o encargo de que fugimos. Somos bons, afinal, cobertos pelo horrível tecido da ordem. É disso que se trata, diria D. Quitéria ao marido inerte: somos culpados por nos entregarmos à culpa, que nos ensinaram a acariciar. Um de nós, todos nós, somos essa fístula e essa flor, cada qual responde pela combinação que fizer desses efes. A hora da morte é a hora de sabermos quem matamos e por que morremos, é a hora do confronto e não do descanso: o morto vive, cercado de suas delícias, os vivos querem saber quem tem a segadeira nas mãos. Se estamos a ferros, nessa hora, que se horrorizem todos. O sossego é um teatro com bichos de papel crepom, árvores de galhos secos e um pouco de macela para servir de cama. O Zé Vítor viveu para isso e, se é que morreu, deixou um calor inesperado ao seu redor. Tendo antecipado esse momento, D. Quitéria varreu a casa e se amparou na cantilena dos bem-amados:

> Alerta, alerta, pecadores.
> Haveis sinais que a morte é certa
> Alerta, alerta, bois de bois
> Vós haveis demais o cu na cerca
> Alerta, alerta, meus amores
> Haveis sinas que a vida é besta

Tudo isso são tribulações minhas, reviradas por muito tempo. De tanta gente, só o compadre Mansueto chegou perto desse meu abismo: olhou, mediu a fundura e sempre me aconselhou a ter alguma corda ao alcance, fosse para me segurar ou me enforcar. Não há indícios de perturbações na casa de Zé Vítor e D. Quitéria, vê-se que tudo funciona. Ordenadamente os maus e os bons fazem os seus males. Logo que cheguei, dirigi-me ao quarto. D. Quitéria me acompanhou, em silêncio. Sob o xale escuro sua face não revelava coisa alguma. Isso é o mistério. Permanecemos algum tempo no quarto: Zé Vítor, eu e D. Quitéria. Éramos dois homens à mercê de uma voz que testemunharia esse encontro. No fundo, não a desejávamos ali, no fundo no fundo, sabíamos que não haveria possibilidade de compreensão do nosso desastre. Estávamos prestes a travar um duelo. Aptos para a tragédia. D. Quitéria era a única razão humana naquele lugar. Talvez, por isso, fosse tão diversa do que a imaginávamos: nem mãe nem esposa, tão-senhora de cada um de seus movimentos. Ela, a bem da verdade, nos conhecia, por diante da brutalidade – Zé Vítor e eu éramos a brutalidade – a inteligência se mostra serena. D. Quitéria estava em suas lides de paz, certa de entender aqueles que não a alcançavam. Nós, os chifres embrutecidos. Não tínhamos ideia de sua beleza,

>dos sulcos
>em série – como as linhas de um caderno –
>em sua pele
>que nenhum de nós
>teria lisura para ler.

Estivemos, assim, atordoados por um longo tempo, até que D. Quitéria me indagou: *E o meu marido? Vive-ainda?*

O rubor da última vela tropeçou. Apoiei-me na beira da cama para ver de perto o rosto de Zé Vítor. Mudez. Por um instante o ar pesa e logo se rarefaz. Algo se deu, detesto essa vaga sem nome. O ar. O esgar. Tateio sob a cama em busca de algo para me certificar de que fiz o necessário. Esses gestos são para mostrar a D. Quitéria que eu não falhei: a hora dele era aquela, ninguém poderia sabotar o relógio. O estorvo de amanhã seria acordar sendo um outro. Eu me sentia feliz por esse desfecho só ao meio alinhavado. Uma força de Creta me fez derrubar um dos móveis, os apetrechos rolaram para debaixo do guarda-roupa e da cama. Perderam-se. Exceto o terceiro, que enfiei às pressas num dos bolsos. Poderia, ao contrário, fazê-lo escorrer pela boca ressequida de Zé Vítor, mas ele queria? Eu quis, algum dia? Valeu a pena ler o livro dos mortos? Afinal, o que é estar morto? Talvez o fracasso seja dos remédios – esses arremedos de vida prolongada.

No quintal, um galo estoura a escuridão.

Peço licença a D. Quitéria. Ponho-lhe uma das mãos no ombro. Esse é um gesto pensado, como os tantos a cada dia. Mas há uma ordem diferente, agora. Sinto a rigidez sob a pele como se os ossos da viúva estivessem plantados num pântano. Afundam escuros. Em mim, tudo clama pela presença de Djanira. As rugas me espremem o espírito, pode ser que eu esteja farto e exausto. Mas feliz, digo outra vez, pela perda do cão que me impedia de sair através da porta. O cão de mim mesmo. Meu rugido – meu ictus. Retiro as mãos, D. Quitéria se elide sob o xale. Dei alguns passos rápidos em direção ao quintal. O galo é um ponto nessa manhã, de interrogação talvez. Aos poucos, os rumores crescem ao redor da casa, se misturam uns aos outros e começam a cobrir, como um gorro, as cabeças.

Mudamos, pela primeira vez, para uma casa com quartos para os pequenos, os grandes e os velhos. Embora isso nos sobejasse, para a avó, o melhor de tudo era ter a porta dos fundos. E a nova casa tinha, dando em linha reta, até a mangueira e a entrada do curral, à esquerda. Casa com porta dos fundos é uma necessidade. Ainda mais em tempos de horror, como naquele em que a fera tinha uma cruz gamada no peito. Obscura e vinda de longe, ela alcançava a todos, mesmo que não falassem sua língua.

Nos arredores, se dizia à boca pequena que alguns guardavam em casa o cão em fotografia. Arrogante, menos gente, menos bicho. Um retrato que, visto de perto, dava arrepios, e visto de longe, iludia o coração com promessas. Eu o vi, ou penso que vi, certa vez, as botas de cano alto, por uma fresta de janela. Mas vai que era o avô de alguém ali das redondezas? Nada demais, só um e outro mandante, roído depois da morte para nossa vingança. Teria sido melhor vê-lo em vida, de passeio na vila entre os seus cavalos, com as varizes prestes a sangrar. E ele, o tal mandante, pisando em flores, arqueado de medo diante das janelas, que o espiavam.

Esse era um cão de botas de cano alto. Obcecado. Podia estar distante ou próximo, e ainda assim sua respiração nos oprimia. Minha avó se inteirou disso, desde sua infância. Não era por intuição que falava sobre o mal, era por ter recebido o peso de sua mão nos ombros. A mão do tal, que enervou o ódio no mundo e trouxe aqui, para os fundos de nosso quintal, a erva da guerra. Queimaram lá e cá os porões com as pessoas dentro, entrelaçadas, procurando espaço uma na outra, até não haver espaço algum entre as chamas e a fumaça. Eles empurraram a maldade até a nossa fronteira.

Nossa avó dizia que se tivesse uma porta dessas em sua casa, naquele tempo, o avô teria escapado dos saqueadores de sal. Mesmo com a guerra distante, deram de contar por aqui quantos grãos de sal cada um, homem e animal, poderia comer. Os criadores de boi e vaca, pequenos como nosso avô, já não punham no cocho o sal que os animais necessitavam. O mugido que varava o campo não era somente lamento de bois, ia nele muito do que não comentavam os homens. Os saqueadores, então, vinham, como vieram, e levaram uma saca e meia de nosso avô: ouro para salgar as misérias da guerra feita por outros. Só o excesso dos salteadores não se perdoa, até hoje, na família. Desconfia-se fossem vizinhos, até parentes, que se tornam ogros debaixo do capuz. Alvejaram o avô no fundo da casa, porque a tal porta não estava lá. Maldição aprendida é que a guerra dos outros acaba por se tornar a nossa.

Apesar desses fatos, a avó parecia feliz: não estavam mortos. Sabê-los com menos rapidez para caminharem já era um sossego. A casa onde passamos a viver, por esforço da avó, me parecia grande, não pelo que tinha dentro, mas pelo que se divisava lá fora. No mundo. Faltava nela a graça de outras casas. Como a de minha madrinha de crisma: as madressilvas se enrolavam na grade da varanda, com tal ternura, que tiravam à ferrugem a sua triste figura. Ninguém me ensinou, dei-me conta de que era uma casa sem fome. Ao contrário de nossa casa, não havia picumã no teto da cozinha, havia gente demais em volta das mesas e do fogão, servindo sem levar para si um nada. Vínhamos pela madrinha. A avó se retirava cedo, com pouco agrado, e não era raro que ficasse mais tempo com quem servia, dizendo os seus nomes e ouvindo o seu das bocas deles. Eu, como afilhado, estava preso à saia de minha mãe, e sofria porque minha avó se dobrava em ouro, enquanto estávamos sombrios na sala de frente da casa. Tudo esmerado. Toalha e assoalho. Túmulo e navalha.

Foi nesse *trottoir* dos ricos que tive minha lição de agouros. Tudo tão diferente do meu destino.

A minha mãe e a madrinha conversavam em voz baixa, durante essa e aquela e todas as nossas visitas. De tanto não saber o que elas diziam, entre sussurros, terminei por entender o acontecimento. Sua ordem e consequências. *A comadre sabe* – entredizia a madrinha e minha mãe, pela enésima vez, assentia que sim – *o quanto se tem é o tanto que se paga. Ele nos deu coisas demais, mesmo que ficasse pouco por aqui. Nunca lhe perguntamos de onde vinha esse tudo. Deu para as filhas irem à capital e os meninos virarem os lordes que são: mórbidos, admito, presos de volta nesse lodo. Eu lhe dizia, e todo mundo sabe, ter tanto era dever além do ter. Acho que foi por isso. Quando o encontrei no chão, os pulsos abertos, nem quis gritar. Eu sabia.*

Foi nessa casa, com madressilvas nas janelas, que aprendi essa vida ao contrário. Martirizada porque vem de um acontecimento maior do que nós, e cai sobre nós. E pior, não nos esmaga. Deixa-nos vivos para termos por dentro a impressão de que há uma pedra no lugar do coração. O inexplicável é que me interessei por essa matéria, sem que minha mãe e minha avó se dessem conta. Insisti com elas para visitarmos a madrinha, mais do que o de costume. A madrinha, superado o medo de conversarem algo diante de mim, esforçou-se para enriquecer o seu relato. Apreciei cada capítulo dessa história, tão verdadeira quanto mais ninguém se interessava por confirmá-la. Foram longas as horas, na sala grande. Outras pessoas da vizinhança vieram, o que se comia e se bebia aumentou em quantidade. Em textura sobre os bolos e os biscoitos. Em luz que atravessava as garrafas de licor.

Tudo se tornou intenso e digno.
Horrível.
Doloroso.

Mas compreensível, a cada vez que – em face da dívida impagável – o marido decidia salvaguardar o seu bom nome. E talhava com elegância o fio que o ligava a tantos dissabores. Tudo nublou no dia em que minha avó se achegou a nós.

Atenta, de início, bem recebida pela madrinha e pelas outras visitas, deu a entender que nas próximas vezes o sacrificado atuaria ainda melhor. Não foi o que vimos. A avó percorreu um a um os rostos. Deu de frente com o de minha mãe. Não disse um dizer. Mas ouvimos claramente o seu grito de reprovação: *Não veem o menino? Os grifos quando ele nasceu? Se ele aprender do avesso o que traz consigo, apostem suas vidas que isso vai acabar mal.*

Senti as pessoas empalidecendo, embora continuassem com as mãos presas às xícaras, as pernas sob a mesa e os pulmões abertos para um vento sem assombros. *Não veem o menino?* Ouvi várias vezes o silêncio de minha avó, em contraste com o bem-estar da casa de madrinha. Não sei quanto tempo isso durou. Alguns minutos? A vida inteira? Impossível afirmar. Quando dei por mim, estávamos, como tantas vezes, atravessando sob a mangueira, em direção do curral, à esquerda. Minha avó tinha pressa em me tirar do meio da trilha. Logo, viria a porqueira, no final do dia, avisando que os porcos iriam passar. Viriam atropelados uns pelos outros, atropelando, sentindo dores, com certeza, apesar da gordura que lhes amacia a entrada no chiqueiro. Andamos rapidamente, e logo divisamos a porta dos fundos. De longe, a soleira escura não animava a procurar claridade lá dentro. Era a nossa casa, e até aquele instante ninguém tirara o sopro de si mesmo.

*

Quem reclama de ir da Bocaina ao Cervo em mais de uma hora é por comodismo. Não viu, por isso reclama, o lodaçal vermelho, pedaço que não se cruzava nem em burro de porte. Se houvesse doente do outro lado, a depender da ofensa, dobravam os sinos. Não havia modo de cruzar o meio. Bocaina e Cervo se davam por amizade, não pelas mãos, quando dos temporais. Hoje, com ou sem eles, é tudo bem-me-quer: o caminho que se faz é como um passeio na sala. Se vou adiante, e irei, advirto a quem se dispõe a não me calar: esses assuntos, e outros, são para adiar o meio do prato, onde assenta o de melhor comer.

Isso que se anuncia são confissões de um homem que está para envelhecer. Não ainda velho, cariado, sim, aqui e ali, mas ainda de pé. Com força suficiente para levantar um garrote, talvez menos para suportar o peso de um substantivo. Essa classe roedora das palavras. As confissões: não são enredo desfiado, me apetecem. Na verdade me salvam porque confessando sei que não o farei de todo. Só em nacos, conforme a fome de cada um. Estou obrigado a dizer o que jamais disse, mas fiz e desfiz: cedo agora porque a boca do Outro Lado se abre e o que se quer é ser tragado com menos dor possível. Para quem gosta de história enredada e com herói púrpura, aconselho: não perca aqui o seu tempo. Há mais na procissão do Senhor Morto do que em minhas confissões vivas.

Quando iniciei, pela primeira vez, essas linhas, o meu compadre Mansueto desatou em descrença. Ele, zeloso na arte de fazer mata-burros, sabia como ninguém que serviço começado só vale se terminado. Se não os burros vão dar com os seus parentes n'água! Não se rogou de me querer ouvir, instruindo por seu juízo: *Ao menos se mercê não endireitar o mundo, também não coloca tortura onde cada um havia de ser feliz.* Pediu-me, ainda, o compadre se eu lhe tivesse consideração, que dissesse primeiro o nome de quem narra, porque é quem menos se vê e quem mais erra.

Compadre Mansueto não era desses que temem o crime, mas se nos perguntam *tudo vai bem?* e se respondemos que sim, se decepcionam, porque esperavam a carne do pior. Foi-se o meu compadre, anos depois, de repente, sem o aviso educado da morte. Eu restei, e a necessidade de recontar para saber os números de meu desgosto. Sentado aqui, lápis entre os dedos, folha amarela. Silêncio. Deu-se essa que é a história de minha vida, passada a limpo numa noite. Quem me ouvir decida – tão longa será a noite ou tão insossa a vida. Quem emendar os fiascos, verá, talvez, um terno de bom tamanho, capaz de ter em si um homem e seus ossos de ofício.

Começo pelo nome: o Meu. Não sem antes mordiscar essa prática de enrolar em palavras um recém-nascido. Nas gavetas do cartório e nos documentos ficam as aparências – assinado-reconhecido-tudo-válido – nunca o que de verdade somos. O que nomeia uma pessoa são os meios que usou para escapar ao eito. As façanhas, sobretodas. Eu não dei mais que duas braçadas ou dois tiros, incertos de tão certeiros. A qualidade estava no alvo. Foi o que bastou para me retirarem o nome Inocêncio salmodiado em casa.

Vim a ser Esse de Agora, completo agora, mas não antes e até quando não sei.

Os que se viraram do avesso, por causa dos tiros sucedidos, consumiram o apelido firmado no escuro de onde eu vim. Esse nem no escalpo sairia: o que se nomeia ainda na mãe do corpo não perde a coroa.

Para o mundo fiquei sendo Inocêncio, para minha mãe fui, até a sua morte, Inoc, aquele que se depositou, apaziguado, na palma da mão. E que antes de ser arrebatado aos lugares altos, teve por testemunhos Zé Pita, dono de carroça. Luxo, o também Odete. Zé Marreta, fiador em sua bodega. A China. O Messias e sua longa esposa. Manuel Padeiro. Octávio negociador de relógios: homem de pouco tempo. Salim e suas irmãs gêmeas. Ibrahim e os gênios no biombo de sua loja.

Dizem que o Serapião impróprio ou a roda da fortuna põem o nome na criança se o pai ou a mãe não se ocupam disso. Não foi o meu caso, ocupei um lugar no mundo, levando na bagagem uma inocência que esconde crimes, embora chamem por igual, milagres.

*

Tenho sido chamado de Inocêncio mas, entre os subversivos, de Inoc, Esse de Agora. Para não ter inimigos, procuro saber bem quem são meus amigos. O mundo é a pedra de amolar da palavra. Nesse mundo de pessoas que mal se entendem

amo com
dou guerra com
vou à sacra hora com

a palavra punhal cunhada em três temperaturas: azul, laranja e vermelho. Fosse nas anotações de meu conhecido Oswaldo Saturnino, homem de silêncio mudo, o gume não seria na palavra. Talvez na língua, no ouvido talvez. Mas não anoto, desfiro detrás do arco: dito o que eu disse, pense em unguentos quem me favorece. Mesmo sem sermos parentes, porque a paz é o amor de mim, meu canário da terra. Isso são confissões de um bom homem. Ressentidas. Turvas. Porque vem do mal bem feito, o que não tira sangue nem cabelo, não fere, não bota aleijão nem mata. Porém, põe essa cor baça em quem o fez e, sem que outrem perceba, ela fere, aleija, mata.

Essa noite que não engravida tem minha hora íntima. Última. Ao lado, Djanira dorme sem precisar do que me atormenta. Dizem que se um homem de bom peso e altura apoia o cano sob o queixo e puxa de uma só vez, o gatilho não treme. E vê deus sem remorso, porque não houve tempo de arrependimento.

O caso, pelo que me contaram, é que nem sempre o alvo faz a travessia em paz: o dedo treme e tudo se desperdiça. O alvo agoniza, talvez por dividir com os outros o que não deveria.

Tenho lá no canto a espingarda velha, enrolada em feltro para não trazer à luz os esqueletos de duas e mais pernas.

Tenho a mão firme.

Tenho.

A vida, resolvida, nos leva ao ponto: de partida. Nessa hora, inteiro e sozinho, a cantilena de meu nascimento me desampara:

Ninguém – nem por cima, nem por baixo,
em nome de Deus ou daquele que não falo,
vai deitar nesse nascido o esporão ou mal do tifo.
Nem em nome daquele de belo falo, nem
de Deus, que ora também se desespera,
– em nome de Ninguém
se deitará sobre esse filho o mal bem, o mal do bem.

Essa cantilena soa para mim como se eu não soubesse dela. Nunca entendi se os outros, com quem rastreei na infância, a escutavam. Pode ser que sim, no meio do nada que era a vida à beira do rio. Cada uma de suas curvas demorava dias até ser esticada. Ou éramos nós que as torcíamos para termos uma distração. Eu ouvia quem nem por cima, nem por baixo me tocariam. *Função de fé*, debatiam minha mãe, a madrinha e os entendidos da vizinhança. *Empelicado, por aqui, faz tempo não se tinha...* E a mãe me afastava, eu já maior, dessas conversas.

Nasci, mas era para cortejar a infância.

Já me haviam arrumado a barquinha, em vista do *guinfo* que, mesquinho, não me garantia crescer para ser pai de alguém. Apesar dos pesares, era justo me dar a chance de retornar à rinha dos anjos. Quando esse mundo e o outro não se distinguem grassa o medo de um ficar a meio de tudo, criatura em que se caça a fera e se descobre o humano. Nasci no ínterim, daí e depois me esqueci das agruras. Me servi alegre fiando mais em gume que em gentileza de gente. Quase não sofri para escolher entre uma e outra coisa: era tudo uma, ainda que diversas. Colchão de espuma e canivete, dia chucro amora silvestre – nem isso nem aquilo desorienta, segundo meu sentido. A gente é que faz demasiada conta de menos, divide, separa o calo do Calisto, a Inês da sinhaninha. Tal como deram de me inventar numa hora benfazeja e, noutra, ratoeira.

Mas se pode tirar o fruto sem gostar de sua carnadura? Se pode, e se gosta. Ao ponto que me descobri deserto sem receber as frequentes visitas que a gente me fazia. Tudo começou invertido, é dizer, os males chegando à minha porta e eu curando. Mal do ar e mal sem nome, todos nos corpos: encarapuçados, magros, uns mesquinhos me davam pena. Eu curava com raminho e água do monte, armas pequenas que no deus-dará da intriga cresciam e as ideias da gente sobre mim também. Nunca soube ao certo o que diziam, o como diziam me interessava. O ouvido não sabe parir com precisão, mas a boca é berço e calvário, nenhum se engane de seu perfume. O que é delícia se estraga, vinagre. Eu me danava sem doer, que pelo menos os consertos iam sendo feitos. Nenhum entrou nessa casa aziago e saiu sem o seu doce mel. Me preservo ao compartir essas alegrias, sendo verdadeiras, parecem jogo de cartas. Não são.

Na peleja com o bem e o mal a carta marcada é a mais estranha: a gente põe o dedo ali, esperando achar o Ás e a outra mão põe a sua ordem, arrasta para onde quer. É uma ferpa de licurgo.

O começo de minhas funções se deu por acaso. Vim a saber que o acaso é uma fórmula, diferente de outras, preferimos achar que ele nos surpreende. Uma senhora veio a ver minha mãe, treinou uns pontos de bordado com minha avó. Era tarde de chuva, demorou-se. Quando já faltava assunto, caiu em desalento. Minha mãe e avó tentaram consolá-la até o ponto em que o melhor remédio parecia ouvir mais do que falar. A senhora chorou, esmiuçou sua penúria porque o companheiro estava desenganado. Era um bom marido, bom demais pela sua fé, nem tanto pelo prazer que outros amantes podiam lhe dar. Viviam bem os dois, e os demais. Não havia mal nessa partilha que o coração faz e só aumenta a sua beleza. O doloroso mesmo foi, na semana seguinte, quando me vi frente a frente com o marido: do belo homem a melhor vista era a sua devoração. Sua mulher não chorou, dessa vez, não esmiuçou o sofrimento, seca de tanto se gastar. O companheiro sentia apenas o que a dor lhe consentia. É desconcertante ver um homem acuado fora da guerra: os olhos não acutilam, a pele é só o pardo que não serve de papel. Uma escritura de ácaros desafia quem se arrisca a tocar esses corpos.

O homem dói, a mulher quer secar ainda mais para se parecer com ele. Quer sair? – eu lhe pergunto. Ela não diz que sim, não diz: não. Também pouco importa. Nessas situações, o mundo não está nas formas que tocamos. O mundo nem existe. Houve uma erupção e não vimos. Fomos extintos e tudo o que restou foi esse vazio. Nenhum de nós se enxerga, tamanha a distância entre os grumos que nos conferem peso. Sei que preciso recitar a ferida, não sei quando a cura chegará, e se chegará. É a carta marcada, minha mão contra a maior. A rosa comedeira, a vermelha. Ela, de novo, rindo por inteiro. Quase bela, enraivecida nas entrelinhas da pele. De tanto alisar sua frieira perdi certos apetites: um miolo de melancia, um travo de amora, tudo em que o vermelho dá sabor a mim me entontece. A rosa comedeira quando deixa ver o branco é já o osso que se desespera, a descoberto, infeliz.

Diante da miséria o filho do homem se abandonou, cuspiu sangue, se encarnou. *Mas eu, uma filha de deus, podia me refazer forte?* – perguntava-se a mulher. Se a comedeira rugisse em mim eu me dava alguma fuga, pensei. Mas ela comia no outro, rifando as unhas. Eu o que cuspia eram os salmos, vendo aumentar a dificuldade de puxar a carta para minhas mãos. *Mulher também não nasce filha do homem?* Eu nessa hora vivi minhas dúvidas todas de uma vez.

A lida terminou com a manhã batendo na porta, a dona ainda pregada no triste sono. O homem me olhava sem dar conta se tinha morrido e voltado, me olhava só. Saíram embora mais tarde: a ferida enfaixada, o homem pardo, sua seca dona. Eu merecia morrer, porque a morte é um sossego.

Mas não, as coisas fora de lugar gritavam: o cocho das galinhas vazio, o rego sem água na horta, o canário meu sem alpiste. Me enfurnei pelo dia, destemperado, sem velar que era o tempo passando em largas tropas. Não reparei na ausência das gentes crescendo, erva daninha que nasce mais quanto mais tiramos. Indo à missa, nas cifras do domingo, me esclareci: alguém disse da boa sorte que teve o homem da rosa comedeira. Andava bem, cerzido com sua dona.

O verme da coisa era comigo, a gente dizendo como pôde empelicado curar o que não se cura, com que recurso? Só se. E a colcha se teceu, pondo cada um a sua linha grossa nos remendos, até me cobrir de escárnio. A gente faz demasiada conta de menos, separa o Calisto do calo, a sinhaninha da Inês: cada um se compadeça do que melhor lhe pareça.

Alguém nascido em qualquer cidade com mil almas dirá que não há verbo nessa província, de onde sempre estou vindo. Mas quem descende desse Rio do Sono, onde o zero é uma multidão, se assombra com o que aqui se arrola, atrás da casa, no veio sem ouro. Será pego no salto, se atentar pelo que escorre na língua. Então, nem Paris dará altura com esse deserto. Eu, que tenho escolaridade e meia, vejo o desenho do jota e decifro. Mas não me asseguro. Há quem puxe antes da vírgula uma teoria, sem nunca haver passeado num livro. Melhor, vai, livro ele mesmo, com feições de homem armado para a caça. Ao invés de mirar no bicho, testa a pontaria no dicionário. A palavra é o desjejum do homem – tanto que o sacristão Abelardo a usou para se deitar no campo com a ninfa Heloísa. E sua maior fome e a dela também, refinada de mulher que pensa e se alegra do pensado.

Por isso, certa vez, voltando das Pindaíbas estive furioso um par de dias com umas ideias assim esbravejadas: *Arreda, cara de cu, desse coitado! Arreda pela palavra*. Muita injustiça nesse teatro da vida, com gente sem direito querendo se valer do que é direito. Sendo a palavra a casa de todos, tirar um tal desse lugar me faz sofrer. Sabe-se o quanto um pai dos outros penou para ali assistir?

Se morássemos depois do capão, esse pensamento não mereceria tento: lá é o mundo, e o deserto não rege sentença. Aqui, no entanto, um bilro é brilho. De mãos secas, cada um se esmera em polir a hóstia, são todos sem nada, como São Francisco no discurso. Não é pouca a gente que, onde está o Plínio, vê o Turíbio e faz do que ouve a sua conveniência. As cabeçadas que damos vêm daí, porque não há quem admita que seu olho é torto – e tortura, por tirar de mim o que só eu via e entendia. O frasco que sobreviveu à velha tia, por exemplo. Nele está a vida inteira da tia, contida, sem a fera paixão, a serviço de proteger com afagos e não alfinetes. Mas eis que um outro mira esse pedaço sem a pessoa e já a tia não tem habitação, entrega à ceva dos mortos, morta está. O frasco não faz senão luzir à sua própria luz. Sem mérito algum.

Mas discordo. Olhar um pedaço do homem e falar dele é uma maneira de explorar o seu coração, que é, sim, um tempo em círculo: sem o sinal de quem o começou.

O que falo está plantado em mim, confie que não tenho interesse em fazer o frasco maior que a carne. Se acharem que digo algo mais do que isso, é teia de aranha. Não sou de ações grandes, mas os meus argumentos, é o que dizem, andam a cavalo. Em verdade, o que é dito, quando alguém quer, está marcado, nem que seja para ser desfeito a canivete. Não falo não para alguém me entender, mas para deixar que eu habite nele e sugue a sua fala, abelha que sou, fabricante de estranho mel. É que a flor alheia também é estranha e juntos, o que dizemos, não caberia no jardim do Éden.

Ardo, agora. E sei: preparado para a vida, só quem já morreu ou ainda vai nascer. Eu sou um despreparado.

É tarde, a febre toma fôlego.

A mão que levo ao copo derruba a água: quando precisar, ela se lembrará de mim? É justo temer, vindo de onde venho, lugar de gente tão escassa e cheia de fortuna. No meio dos jacus o que nos salva é a inteligência. Esse o meu legado: é. Ser jacu-onça, que voa e caça mesmo em ocasião de menor favor.

Por isso, seria bom confiar no que farei, tanto quanto confiei antes. E tendo funcionada a receita, vivas ao doente que deixou de ser. Mas agora, nem sei que doença enfrento, sei, na verdade, que outro de mim é que se bate com uma dor só minha.

A haver amor pelo passado, só com um pouco de ódio: se tenho mais aquele tempo, tenho menos de mim: o que eu fui são os corpos perfumados, não essa fieira de doença e morte. A única maneira de tirar dos ombros o passado é contar outra vez o vivido, como se fôssemos outra pessoa.

Comecemos, então, a roer o pequi, enquanto a polpa ainda não deu em espinho. Meu pensamento hoje está como asa de cupim. Depois que a chuva cessa e volta o calor grande, os cupins voam desordenados. Os que não dão de comer aos passarinhos – esses de um carinho voraz – caem no chão da cozinha. Alguém varre as asinhas, porque elas incomodam: onde estão, dizem que a larva do cupim escapou e achou morada em alguma madeira adoecida. Mas as asinhas, quando se tenta recolher numa só varrida, se espalham, transparentes, indo levar o que era cupim e não é mais, para toda a parte. É assim meu pensamento.

Às vezes.

Outras, é como a cabeça do monjolo, bate até rachar alguma coisa, no mesmo lugar, movido por torrentes que nem pondero. Esse gesto para ter o que era de mim, e voltou, é vazio, é que me soterra. E se rasgo a pele do meu primeiro dia, é neste último que desembarco. A voz em torno do berço se enganou, quando disse aos meus que nem por cima, nem por baixo flor alguma me desandava.

Das crueldades que há, uma das piores é descobrir o lado afável do homem ruim: então é tarde, tudo o que ele poderia ter sido caiu em boca de lobo, dos grandes, não sobrou um osso para dizer *A carne era fraca, mas o que ia dentro nem tanto. Carecia desembrulhar o pacote para amar a quem não merecia.* Por isso será, as companheiras a quem amei como um santo, pouco que me quiseram. Aquelas a quem entreguei o anjo caído, me acolheram, duvidosas. Fomos até o ponto em que a linha dá um nó: sofri as perdas, as penas que deixei para elas. Espero ainda hoje que retornem, não para acariciar minha testa: quero estar à altura do que mereço: um palmo acima do chão, outros sete abaixo de minha vergonha.

Se tenho medo de revelar essas partes da vida? Tenho. É certo, e não é pelo medo de homem que me tornei, errando a torto e a direito. O medo é pela infância ofendida. Pela lembrança de passagens assim, que coseram em mim alguma ternura: o pai trouxe para casa uma gata: tigra e rabiscada, atenta, paciente, de esperar rios a fio na boca de uma loca.

Até que um dia a vítima se decidia a se entregar. Tal foi, tal era que lhe demos o nome Severa. Mansa totalmente, no meio da tarde, quase tola. À noite, porém: severíssima.

Naquela tarde, quando a mãe trançava na cozinha, eu e os outros irmãos fazíamos uma boiada com pedras e gravetos, a Severa revirou o quarto atrás de uma saíra em fuga. E salve que prendeu a triste colorida nos dentes. De um salto irrompeu o pai para bem do reino dos pássaros. Estremecida a Severa escapou, agredida pelo troca de amor, súbita, de toda a família. Ela, afinal, não voava também? Os meninos pouco entendemos daquele drama, eu é que depois, indo ao quarto, deparei com as fezes da saíra e a trilha de penas: sobre o criado e a mesa de reza, no vão do assoalho, na janela. Tremi, um rojão escuro entre os olhos: a morte ali quase se alegrou.

É desse medo que me perturbo.

Onde a severa esteve, sem deixar cadáver, mas o assunto dele. O suficiente para um menino não abandonar no homem a sua desventura. A solidão da descoberta, que se faz em outro tempo, olhando baús e outras resmas. Daí salta um retrato que nos assalta aos sete anos. Nessa idade, deveriam saber que o melhor de nós, o que almejaremos ser, já está ali, como um desperdício de mangas no quintal. Ainda não usamos as roupas de adulto, embora nos vejam como eles em dia de seu melhor passeio. Eles deveriam saber disso e nos livrar dos fantasmas que, gentilmente, educam para nos acompanhar.

Um retrato aos sete anos é tão importante que o tiramos na escola. E jamais o tiramos de nossos pertences. Mesmo que o queiramos secreto, mais tarde, porque naquele dia, algo não funcionava bem em nós: um corte indesejado de cabelo, uma sujeira nas unhas, um rubor, enfim, de quem não imagina trairá a si mesmo.

Eu me lembro – por isso, minto – de minha foto, aos sete anos. Eu tinha mais rugas, mas entendo que não me apreciassem por isso. Sempre os ouvi dizer que o silêncio em mim era precipitado.

Mas, foi o silêncio, e continuou a ser ele, o meu talismã.

Não o silêncio de quem nada diz. Eu, com os outros, soube gritar e falar em hora imprópria. Arrastei as cadeiras e derrubei os pratos de família, aqueles que não se poderiam romper. Cometi os pecados todos do rumor. Nunca foi, pois, pelo silêncio cobrado como responsabilidade que eu me arranhei. Foi por aquele outro, armado entre as palavras e os outros ruídos.

Apeio, aqui, por um motivo, que me defende do ódio que de mim terão, ao final. Lá, quando tudo se resolve e o cordeiro não é nem de longe o lobo imaginado. É pior, e não é por ele, transmudado que praguejamos. É pela descoberta da armadilha, montada com os paus e cordas carregados por nós mesmos. Que é isso a vida, em parte, um enganar-se de propósito. A outra terça metade tiramos sem saber, arriscando em jogos de argolinha ou saltos de cavalo. Sejamos nós, os cardos que outro miolo não pode ter.

Visitado estou por meus cordéis, em cada qual um fantasma do dia. Ora uma preá que o cão tirado de mim abocanhou: o roedor, naquele dia, não era para... eu é que internei a raiva na matilha, uns desistiram, mas o malhado não: tocou, entocou a preá prenha – que mais tarde intuí, mas nem por isso o arrependimento me deu. O cão caça, o dono atiça, azares de quem lhes atravessou a sina. Mas dizia, os fantasmas desse e de outros dias me acodem. Eu insone, Djanira em sua Melide de sonhos não me quer por companhia.

*

No Ausente. O ante-sonho de Djanira. Vocês estão em casa de velhos. Notem, não por olhar, que temos de levantar a cabeça para ver a altura de seus ombros. Arqueamos, mas há outros de nós que são esticados como um rio. Deja e eu temos a particular velhice que, me ensinaram em pequeno, se calcula pelo amarelo escuro, sem ser sujo, que se acumula no fundo da louça. Mais que borra ou crosta na xícara, no bule e, tantas vezes, no branco da pia, o que se vê é a falta de força de quem deveria deixar o branco sobre o branco. Um serviço de casa, assim cuidado, dá mostras de que as coisas têm um começo. Mas, nessa idade, avançada e justa, já não se pode polir os ossos, o braço carece de força, a mão de certeza e o mais grave, a cabeça não sabe ao certo o que é o necessário. Então todo o corpo se nega às tarefas reles, porque, parece, não condizem com a idade. Toleima, murmura Deja. Isso é uma liberdade. Quem tiver sede bebe a água, não perde tempo em saber se o amarelo é parte da louça. Há mais duras provas nessa vida.

Não são muitos os que arengam com os velhos. Nesse campo alegre, com flores rebeldes subindo pelos paredões.

Umas com hastes longas, outras com uma delicada cabeça em amarelo claro. Sopradas pelo vento, nos levam a pensar num lençol estendido sobre a distância. Isso está bem por si só: belo: não precisa da mão de deus, do homem, de ninguém. Aqui, nessa cama de gato, os velhos sabem o que corre a seu respeito: *Deixa-os lá, com sua lua* – ninguém diz às claras, mas entendemos que é assim porque em outra época pensamos igual. De uns tempos para cá, Djanira me arrelia. Ela se preocupa em saber porque não quero me mover. Afinal, o meu parente que sobe nas árvores devagar não me abandonou. Continua a subir, passo dentro do passo, em direção às folhas mais altas. Deja teme que a doença da sombra me segure pelos braços. Para essa agonia não há mezinha. Por isso, escuto sua voz impaciente, mas amorosa, *vai à loca, Inocêncio, e tira de lá o Antão que te atazana*. Eu iria, perjuro, não fosse a certeza de nada valer. Tomado fui, tornado estou à minha raiz. Tão caído quanto em pé, ao modo do ipê roxo que arrancaram do matão e aqui se pôs, árvore doméstica que silva depois de ter sido onça. Já me disseram para arrancar, não mas não: a cada ano é dela que esperamos uma ventura. As demais mangueiras e pequizeiros amansaram, não rosnam mais, se dão de bom grado. O ipê do matão, sim, não nos quer à sua roda, formando histórias que o ignorem.

A senhora e o senhor, que são nossa cunha e carne, não façam caso da luz apagada e as mais coisas fora de ordem. A gente se acostuma com a presença de comadre e compadre, sem se dar conta é tudo parente. Pelos males e azares e também pelo agrado. Uns vão sabendo as preferências dos outros, o gosto de sentar torto na cadeira, girar a xícara para beber o café redondo. No fim as duas casas são de uma água só, sem parede e meia. Eu, de minha parte, aprecio. Mas confesso o pavor de que o senhor e a senhora me vejam o avesso, a carne expurgada. Se isso acontecer, algum dia, peço a mercê porque um homem deve ser de estupidez educada.

Sinto o senhor roçando uma botina na outra, devem ser novas, porque com as velhas era um andar descalço e sem calos. A comadre há-de perdoar, a conversa mais seca sem a Djanira. O que preciso falar é pouco. A senhora sabe os amores dela, que foram meninas juntas. Depois dos gatos é só flor-de-seda, antúrio, brinco-de-princesa, os raminhos que enfloram e arvoram nela uma paixão. Imagino esse amor dela porque flor só é tanto se aparece em fruto e de novo em flor. É meu modo de pensar sem dizer, já que nem eu nem ela fizemos a vez de flor. A casa aí, bem-posta, sempre: nenhuma renda fora de lugar, a cristaleira com os vidros todos, os retirantes juntinhos nos seus gestos de cerâmica.

As botinas incomodam, mas o senhor tem razão. São dores para domar o couro. Esquecemos a permanência de uma coisa na outra. O boi morre para nossa conveniência, mas sua gana azeda o couro da alpercata, o assento da cadeira. Vê que arrelia os arreios. Fiz essa via crúcis quando o pai me comprou um sapato, de surpresa. Nos doze anos de um menino o corpo cresce sem governo. E a falta de jeito para dizer, pai, o senhor me errou, o sapato não cabe. Essa timidez minha é a dele. Como que ele voltava para destrocar?

Não era questão de acertar o número, mas de abrir outra conversa, se fazer entender.

Meu pai era de usar o pouco das coisas. Homem parco e, todavia, farto. A comadre entende, um marido bem calçado dá certeza na família. Essa via crúcis eu fiz também. O compadre se lembra o duro que foi tirar Djanira para meu convívio. A gente dela desinteressada de mim, um malquisto sem reservas. Pior: um peregrino de santos reis, um beócio sem beócia.

A Deja veio porque gostava era de mim, sem medir os arreios do meu cavalo. Não quis nunca botar um osso na boca deles, mas que vivemos bem vivemos. A prova era a casa bem-posta sempre. Tanto que não vinham aqui, mas queriam saber o veneno das coisas pela vista dos outros. Os poréns são muitos quando se abre o baú da família, e não foi por eles que chamei a senhora e o senhor. É para explicar o que não entendo, e aceito. Digo tudo num sopro, que é a maneira de desentortar os ânimos. O entendimento funciona se a gente põe cada peça na sua hora, para não perturbar o calendário da criação.

A Deja cansou de esperar menino nosso, deu de sonhar que Nossa Senhora necessitava ajuda para cuidar do seu menino dela. Era sonho insistente, em que a mãe santa se queixava: José na carpina, e ela atarefada demais em guardar as palavras do anjo. Ah, Deja, o menino é bom, mas ninguém há-de saber o que é viver com as recordações de deus. A comadre e o compadre conhecem nosso fervor, ameno calcinante. Como desdizer reclamação de mãe? E mãe que iria subir com o filho o monte dos condenados?

Acordamos assim, como achamos que seria possível. Deja ajudaria a cuidar do menino, cá, do meu lado, eu seguiria a vida de sempre. A casa tem uns desarranjos, os comuns quando chega uma criança. Um vidro estrinchado, uma rixa na toalha. Minha magreza é alegre porque o de comer não precisamos, só em pele e osso o homem arranha a compreensão do mundo. A mão cariada sabe melhor as delícias que apalpou.

O homem é aquele que os bichos não convidaram para a festa. Sendo esse pouco, somos, como o tico-tico nas fendas do arrazoado. Ele se faz bom mensageiro para nos agradar e canta *o dia foi assim, assim*. Cada um, na verdade, dá a sua mensagem a esse palavreado, displicente mas feito na medida da mão seca.

Por sim, por cem, se o compadre e a comadre não me acreditam, sua desconfiança é de bom tamanho, a amizade não pode se contentar com tudo. Eu mesmo me advirto. Serei. E me figuro no comércio de saúvas, interessado em comprar sem meios. Me afirmo o esposo que rapina e nada leva. Vejam a casa bem-posta, se Deja tarda é que trabalha, ela e eu vestidos ao revés, cada um na sua graça.

Aqui, no Ausente, o sonho completo de Djanira foi um segredo. Aos poucos ficou para os de casa e se dividiu de dois em dez. No dizer dela, isso aconteceu porque o mais certo no deserto é o cego. Mal divisamos se tudo funciona nesse relógio que somos. Vemos por fora as horas marcadas, nem de longe as agulhas que nos vão riscando. Por isso, não vemos os olhos abertos que sonham. Há preferência em acreditar que presos no escuro podemos dobrar para dentro e, então, dizer *Somos o nosso sonho. Temos adormecido para melhor fazer isso.* Não é, como viram o senhor e a senhora, nessa visita prolongada, a questão de Deja. Estando aqui ao nosso lado, ela percorre as terras de que só ouvimos falar. E faz uns tratos com a cabeça, que depois conta na berma dessa varanda. Um exemplo? A sua vontade de completar a história do menino que acolhemos.

Desde o antigo tempo acontecem coisas que amiúde sonho. E lhes conto. Não por vaidade de costurar as palavras, mas por compromisso de quem herda um ofício. E assim haverá de ser para a ordem do mundo. Pense lá se, de repente, nenhum-ninguém se ocupa de alinhavar os acordos e tudo se dissipa como fogo depois da crepitação. Nem é direito cogitar tal enredo: uma história sem história. Como puxá-la da língua?

Nós, pessoas em carne, osso e alumbramento, vivemos daquilo que nos contam e que nos arvoramos a recontar. Por isso, esses, aí chegando – um pai, a mãe e o seu filho deles – em muita carência, mas ajustados no seu transporte, merecem que os escutemos.

José, esse o nome que me deram e bem me assentou no serviço de carpintaria. Mudo as árvores com esmero até chamá-las de mesa e cadeira. Tudo para a utilidade dos homens e sustento de Maria. Se não disse, me desculpe, essa que me acompanha é por demais graciosa e o mérito de tê-la ainda me foge à compreen-

são. E que mal pergunte, José, de onde estão vindo – e por conta do vento e da fome – com perigos para esse Menino? *Estava disposta e decidida essa errância nossa: de casa para um longe-lugar, eu, Maria e o fruto em sua barriga. Depois a volta, eu, Maria e o Menino exposto ao incerto*. E nada reclama esse que veio? *Eu lhe conto e você mais à frente recorte, reconte, como bem queira. Certa vez, quando o recém-nascido dormia, eis que chegam a visitá-lo três Reis com honras tantas*:

Ô, de dentro
Ô, de fora
Oi, quem nessa casa mora

Se é de vossa vontade
Recebei a cortesia
Que trazemos com alegria

Nada respondemos. Que saberíamos desse acontecimento? Ainda que os anjos tenham falado a Maria, explicando-lhe a mores-razões do Alto, eu nada ouvira e somente o martelo, cravando os pregos na madeira, soava meu companheiro. No entanto, ante a saudação dos visitantes, uma voz – que não era minha, nem de Maria, nem do Menino – estremeceu nosso silêncio:

Ô, de fora
Ô, de dentro
Oi, que santa casa esta

Quem aqui está deitado
Tem o destino selado
Em luminosa verdade

Se pedisse ao vento
– cesse, o vento lhe obedecia
E pediria, se quisesse

Ao mar o seu movimento
Oh, de fora
Oh, de dentro

Oi, quem nesta casa mora
É o divino
Que ali está deitado

Os Reis logo se apresentaram. Os três, cada um com sua história. Eu, Baltazar, venho não pelo rico dinheiro de minhas terras, mas pela alegria de ter menos que esse menino de nenhuma posse. Eu, Gaspar, senhor de iguarias em ouro e prata, aqui me acerco em galantaria diante de quem se regala em não ter nada. Eu, Melchior, alto mandatário de riquezas tamanhas, me deixo ficar ao pé deste que tendo tão pouco esplende sem alvoroço. Antes de retornarem aos seus países distantes, os Reis saudaram o Menino, em coro:

Nós viemos do Oriente
Seguindo a estrela nova

Hoje é o grande dia
Que as escrituras nos davam

Pelos santos profetas
Foi um dia desejado

Deus vos salve grande dia
Dia muito celebrado

Já nasceu o Rei dos Reis
Para o mundo em boa hora

Salve Deus o grande dia
Que diziam as escrituras

Que Deus veio do céu à terra
Para salvar as criaturas

Eis o que diziam os profetas
Ao clarão de cada dia

Oh, senhor e senhora de casa
Abram a porta por favor

Lá do céu já estão caindo
Pingos de água em flor

José respira por um instante, como se estivesse lembrando as razões para colocar sua família em viagem. Antes que eu lhe pergunte é sua fala quem me responde: *O céu mandou sinais, anjos figurados sobre a testa do Menino e uma alegria tal na natureza que eu mesmo me disse: Ele é o Esperado. Maria assentiu, como se eu soubesse, finalmente, o que lhe foi revelado antes de nossas bodas. E o que poderia eu fazer ante o mistério senão armar-lhe um berço ou cardar os lírios em meu cajado?*

Mas, José, com esse contentamento, por que saíram em errância levando os caros presentes dos Reis visitantes? Dê-nos um motivo para essa partida e por que nesse momento, chegando a este confim, outra vez a família reinicia sua viagem. Esta casa, por algum desatino, não é de seu agrado? *Não se dê fadiga, por nada seja: a casa é acolhedora, sente bem quem a divisa. Em Maria se fez o Esperado, mas quem conhece aquilo que espera? Sua pele, sua fala estão em nossas cabeças, porém, como serão no minuto em que se mostram? O Menino está sempre nascendo, é Ele mesmo e Outro a cada manhã, em muitos lugares. Por isso, sua pousada não pode ser aqui, nem lá, mas onde o receberem – que o destino seu é este: ser homem onde estiver o homem, com todas as fomes do homem.*

Enquanto narrava, José media a estrada. Quem o tivesse escutado, indagaria: onde é o Egito? Está nos mapas ou mais perto, comigo? A essas alturas, a família retomara o caminho: Maria e o Menino sobre a montaria; José, lixando a poeira, em alguma direção mais larga. Eu os observava, e cresciam quanto mais longe iam de meus olhos. Teriam partido? Será que os recebi no alpendre desta casa mal terminada?

Que saberei dos Reis que, dizendo-se magos, atravessaram o deserto para se confessarem menores que o Menino? Avisei a todos, com aviso claro. Se juntarem as pontas dessa história, verão que ela não começa e não definha. Ainda tateio os rastros do Menino, José e Maria como se tivessem passado há pouco, feito meia conversa e tocado em frente a sua viagem. Eu me engano, ou lá vêm uns magros homens com suas coroas ornadas? Se não são os Reis do Oriente, são seus parentes, de muitos anos mais tarde. Ouçam o que cantam e me digam se é possível o que penso:

Diz a sagrada escritura
Que quando Jesus nasceu
Lá no céu do Oriente
Uma estrela apareceu

Os três Reis andaram pelo mundo
Nós andamos por aqui
À procura do Deus-menino
Que tudo criou e fez

O rio desceu nas pedras, a lua no rio arqueou: essa história, para quem aprecia, ainda nem acendeu o pavio. Se, porventura, eu tiver que me gastar em lidas sem desconforto, tomara venham outros para continuá-la, dizendo o que o Menino fez quando cresceu e que música teve a sua fala. Se quiserem fazer honra em meu nome, digam que o Menino cresceu para a liberdade. Ninguém diga o que ele não disse, muito menos acuse ou mate em seu nome. Esse Menino é um desenlace, está no final das coisas porque é aí que conhecemos as pessoas – suas máscaras e escaras. Quem se encontra com ele no final está nu, não carece de força para ser visto. Ponham a mão na consciência, comento com Deja. Deponham suas armas. O Menino não quer morrer de novo pelas mãos que dizem amá-lo. Há um jogo de búlica no quintal e o Menino quer estar com os outros, premendo a bola de vidro entre os dedos. Esse dedo não se interessa pelo gatilho, é dedo lúcido que lança a bola e mira as borboletas em volta dela. O Menino crescerá e será EcceHomo, assim com o cabelo em caracol – será veloz para estreitar nos ombros quem o avista de longe. No ante-sonho de Djanira, o EcceHomo acorda cedo, tem a fronte áspera e escreve suas promessas diárias. Ir de mãos dadas com os seus amigos da Lepra. Há muito acertaram esse passeio. Agora que o sol se levanta, é um bom tempo para estar com eles nessa riqueza sem posses. Está certo, vão dizer *o Menino se perdeu de vez, ah a nossa desgraça foi deixar que andasse por sua conta*. O EcceHomo desceu dos pregos, decididamente quer os bailes e o abraço sem reservas dos corpos. Na verdade, ele tem dito que prenderá no lenho os bajuladores. E tirará o saldo dos seus intérpretes. Que falem por si, grita o EcceHomo.

Que falem por suas línguas.

Melífluas.

Estou em silêncio. Sob essa horda que arranca a pele aos seus humildes, nenhuma ravina crescerá. Não tenho poderes para tirar vida à vida mas, se preciso, deixo que ela espere por quem a mereça. Eu não sou dessa companhia. Me arrastem e

não estarei na linha de frente: suas altas colunas, seus altares e fronhas – para que servem? A quem servem? Nenhum de vocês entrará comigo em nenhuma bodega. Nesse cofre mesquinho, abaixo do cu de cada um, não entra a beleza do que aprendi. Menos ainda, o que ensinei: nada ter
dar-se
jungir a si
o
eixo e a roda.

Não me digam que não sou EcceHomo. Sou, sereia também no deserto. O visitante que se perdeu. Sou, me solicitem, sei que não adivinham a cor de minha aura. É essa, sim, é essa cor. Poderia ser outra, mas não é. Quem me diz as suas sílabas? Quem não me vê por dentro não me tem no coração. E se fala do alto de si mesmo, não sabe a poeira em que me arrastei. Não haverá alegria em suas ordenhas – ah, como é seca a mão que vejo levantarem sobre o campo. Suas bocas, abertas em grito, não são dignas de atingir os ouvidos de quem – em paz, em guerra – abre o seu jardim. Muitos me dizem que os maldizentes têm suas barcas e que navegam de barriga cheia, mas aviso, tenho comigo uma faquinha de ponta: ela tosa, desfia, tece e reveste. Nas horas em que é preciso, ela corta, fura e sangra.

Eu não deveria dizer – porque esse é o ofício daqueles que dizem dizem e desdizem –, eu não deveria sequer mover a língua se quisesse, é *divera*, mas é um duelo ensinar a tosquia ao tosco. O ante-sonho de Djanira é uma realidade maior. Não se admite a separação entre o que se fala e o que se faz.

É como consertar um telhado, se a telha que se coloca na fenda for maior, a cobertura perde o esquadro. Se for menor, não se repara a cobertura. Essa é a matemática que a chuva e o vento apreciam para desandar o sono das gentes, em noite lúgubre, sobretudo. A telha para remendar tem de ser exata, filha-unha-e-carne de sua mãe. Esse é um projeto de mundo que Djanira borda no seu ante-sonho: tudo mudando e sendo de novo o que sabemos, uma surpresa, ali na esquina, a cada vez que descobrimos ter pisado a sempre mesma e outra terra. O que violenta essa maravilha, insiste Djanira, é a injustiça e o EcceHomo secunda sua indignação. Em sã consciência não cabe pilhagem de ninguém sobre ninguém. Muito menos um salvador que resuma a vontade de todos. A quem faz essa conta de menos, Djanira, um olhar desconfiado. À sua prática de barganhar, um argumento: aqui entre os que vestem um sonho, tem-se algo quando se partilha a fogo. Talvez, por isso, os inimigos do EcceHomo nos queiram adormecidos. Se o sacrificaram antes, não o fariam de novo? Há quem ganhe com o nosso desejo na treva.

Djanira não.

Se arvora.

E divide os frutos.

*

Para mim, sem que eu decidisse, ficou decidido ser, ao longo da vida, um bom negociador. Ou arrumador de coisas de gente e de bicho, de qualquer natureza. A verdade é que ninguém é escolhido para ser um bom ou um mau negociador. Somos todos arrastados pelas águas, em direção ao oco. Não há foz que nos tranquilize. Somos todos, aos arrancos, misturados até que alguém levante a cabeça e diga: *Um freio na tormenta, por favor.* É aí, sem sabermos o nome de "quem" ou o porquê de sua consciência, que entendemos a paisagem onde nos afogamos: há duas margens, um miolo de água, além das margens outras bandas, dentro do miolo outros enclaves. Vivemos entre as margens e os miolos, arrastados mas descontentes, com vontade de pisarmos em terra firme e levantarmos casa. De fazer fogo e comida, de enredar a cama e o coração. Há quem não queira sair do afogamento e se recusa – seus motivos são seus conselheiros, e têm assim

    desdém pelo jogo
    ambição de menos
    a mão no fogo
    não é seu empenho.

Há, no entanto, aqueles que não são reféns do acaso. Eles também recusam, não querem afundar. Para esses, a cabeça é a origem do mundo e deve ficar acima de qualquer obstáculo. Eles têm motivos para jogar, mais de uma vez, as argolinhas, antes que se encerre a festa da madrinha padroeira. Vão em seus cavalos a toda velocidade, a veia tesa no pescoço, tudo concentrado para o derradeiro arremesso. Ah, são esses que

    têm sobre a mesa
    os lances marcados
    e nenhuma certeza
    se haverá resultado.

Eu soube que era um desses quando me dei conta da fraqueza de meu corpo. Dizem, por aqui, que um empelicado nasce coberto e segue coberto pela vida inteira. Sua pele é sua armadura. Mas vai que me levantaram pelos calcanhares e nisso romperam aquela parte da armadura? Eu cresci sem me preocupar com os tendões feridos, mas ainda que fossem invulneráveis a morte não deixaria de me espreitar. Quando se desconfia da sombra, só há um remédio: afastar-se da mão traiçoeira. E pensar nos lados da roda, na agonia dos bois. Pensar na rigidez do eixo, pensar que acima de nossa garganta um grito está resolvido, se não explode é porque negociamos, passo a passo, quando será a melhor hora para ouvi-lo. Negociei coisas grandes e pequenas, errei e perdi para entender que nunca percebemos a negociação mais importante.

Certa vez, combinei com um vizinho e seu primo de irmos fazer o dia: "Há uma barriga de mato para colocar abaixo e abrir um descampado. A pedido de quem encomenda, esse lugar vai ser um retiro de gado". Aceitei em confiança o trabalho, por saber que viria algum dinheiro. Tudo seria consequência daquilo que o vizinho, seu primo Lázaro e eu negociamos. Bastavam umas horas com o braço em machado e teríamos abaixo o boqueirão. Cada um receberia sua quadra de madeira bem tirada, talhada e empilhada. Seria tarefa sem demora. Juntos, associados, os três botando os ferros no grumo da madeira seria uma festa: nem tempo haveria para ouvir o craquelê do jequitibá. Nada de afeto ao cedro porque, afinal, dinheiro não é íngua na algibeira. Nem remorso teríamos, porque o sangue logo se perderia sob os ruídos.

Menos sofrimento, mais emolumento, acertamos.

Mas nem sempre o atado perdura.

O Lázaro escolheu para primeiro receber o talho um pau-ferro de idade avançada. Embora oco, comido de dentro para fora pelos cupins, o corpo da madeira hesitou, renegou até cair, e na queda – já comido pelo oco – se abriu como um ovo em muitas cascas e lascas. E nem tivemos do que rir, de nosso fracasso, porque no oco habitavam as tais abelhas bubuca. De enxame saíram a romper a luz da treva. E picaram o que lhes pareceu macio. Sorte foi a barra de um riacho, nas redondezas, que nos deu guarida até que as abelhas se rendessem a outros troncos distantes.

Sobrevivos ao ataque de quem atacamos, se deu que o Lázaro enfiou as mãos no que restou do oco e puxou o mel, conquistado ao acaso. No ponto para desandar o que havia sido atado, emendamos outra linha. Era viver ou viver, porque algumas mortes estavam consumadas. A ferro e fogo, crispando a casa das árvores, fizemos a maldade que chamamos de trabalho. Quem encomendou o serviço esperava mais resultados, pois então que esperasse: desandou tudo. Os donos do lugar também levantaram a cabeça. O que pudemos fazer foi negociar: éramos nós ou a encomenda. Erramos? Não sei.

Depois que as bubucas foram para longe, saímos do riacho. Renascemos. O Lázaro pôs o mel em nossas mãos. De tanto sugar, felizes por essa derrota, acomodamos a fome e o langor que veio adocicado, em conluio com o sol quente. Não havia como não fugir ao sono. O sono justo que os injustos também desfrutam.

Irra!

Adeus acordo e negócio, dinheiro e conforto.

O boqueirão nos engoliu com o mormaço que antecede o paraíso.

*

Uma cama para o pai que quer ser esquecido, não para aquele Outro que, um dia, talvez, eu precise tirar de minhas costas. Não se engorda três vasos, nem com o melhor farelo, dizia esse pai nascido entre os ossos. O que era ditado por ele, ninguém se atrevia a lhe perguntar porque os tais dos quais. Se bem não nos faltasse vontade. Na carência do que fazer, a burla com a palavra era um divertimento – quem não tem nem caça com não. Mas, dessa feita, não. Sim: nenhum queria se dar bem às custas do pai, fosse porque a mãe lhe morrera de pouco ou porque, nós mesmos, carecíamos das ferramentas para dizer. Os vazios saíam de sua boca como feras do apocalipse e nos punham contra a parede. E se tivessem as unhas do filador de porcas? Pior: se o respingo de sua saliva desse em ferida, como a rosa vermelha?

Não havia o que rilhar, cada um tinha sua fome e o pão que, por sorte, lhe viesse à mão. O pai era nosso, de pele enferma e macia voz. Suas orações, como um carrinho de mão, iam até a borda na ânsia de mitigar a boca dos buracos e deixar plano, a ponto de plantar algo. Aos poucos, a boca de um dos buracos cedia e no lugar repontava uma horta. Dias de grã alegria, por um tubérculo talhado, cozido e bem-posto. O prato era raso, mas fundo aos olhos que o comiam. O corpo conciliado não dava à cabeça tempo para a aritmética. Queria festa. Afinal, os dias engolem um homem mais devagar se ele tem peso, se a alma flana, se ao redor o abraçam, impedindo que se perca. A ideia é ter melhor a vida como que aprendendo a hora de entregá-la. O que é da morte só com algum engano se contorna. Vestida de boa senhora, ela injeta a sombra onde o sol durava. Ariadne sem piedade, emagrece os amantes até lhes tirar os ossos.

Apesar disso, o pai não se dobra, aferrado à dura lembrança. O que, às vezes, abre uma fenda em sua obrigação de ser O pai, é ver que pediu a um dos filhos algumas mudas de onze horas. E que vai plantá-las na parte ensolarada do quintal.

Jamais falou de sua companheira, para ele, mais do que a nossa mãe. Na perda recuperou aquela que emprestou aos filhos e à parentela que a tomava para os serviços-mores: apartar os ruidosos, afeiçoar os marrentos, dar de si para que a guirlanda não se rompesse. Mas se rompeu e não houve cerzideira que lhe pusesse remendo. No largo mundo do pai não ficou um gesto para vingar o cão morto pelo tamanduá. E de que valeria? Estão reunidos os dois no mesmo esqueleto, mais afáveis do que em vida, sem as torturas de saber quem come o comedor. Está largado, o pai, de banda.

Uma vez ou outra, desce de si e faz uma encomenda econômica: duas pedras de anil. Não mais do que isso, nada do que usou antes de a parca se abastecer no seu beiral. Nenhum objeto de corte ou furo, bocado algum para o estômago.

Atendíamos descontentes e satisfeitos por obedecermos à obediência. Nem casamento de filha o tirou dessa vigilância.

Quando disse algo, entre os dentes, assim o entendemos: *... os que eu mais queria estão mortos* – e dessa frase tirou um sorriso de quem está feliz, no circo. Porém, para o nosso espanto pôs logo essa súbita infância sob ameaça, comentando: *mas sobreviveremos, os mortos em sua morte, e eu na minha vida. O que há de ser mais justo.* Juro, nunca soube, nunca nós soubemos se aquele que nos deu sua costela estava em paz ou em guerra. Nos rendemos ao pai e à fineza de tão pouco precisar. Não foi diferente com os visitantes, que vinham avisados: *Não lhe deem, que não aceita carne de sol, feijão de corda. O que espera, sim, é fé de salvar um lorpa.*

Um dia, uma encomenda do pai nos mudou de lugar. Ele comedido, redimidos nós: uma cama de casal, com um lado apenas, era o bem que lhe faltava. Como havíamos de entender? Se ao menos ele abrisse o lacre de um canto de que gostava tanto:

> Carimbamba não tem tempo,
> lava o pé no aruvaio.
> Manhã eu vô, pássaro da noite.

> Manhã eu vô, carimbamba,
> não tenho hoje quem me leve.
> Pássaro da noite, amanhã eu parto.

Nesse momento, quando já não pode, tudo que interessa a um homem é estar nu. Não a nudez que atira a roupa no lajeado e entrelaça nosso pelo à pele indomável. Por esta se pede perdão, mesmo que provada em escondido: é a nudez sem carisma, de crista baixa. Aquela que homem nenhum daria à sua outra parte. Nudez triste, revelada, como o corpo santo que, proibido tocar, devoraremos sem trégua, à espera de que faça em nós o milagre. A ereção sem termo. A bendição do fruto.

O pai queria estar nu em sua cama nova, parecendo o recém-casado, que cerra a janela para não lhe verem o doce mel.

Se vivo fosse, o tio Zésinfrônio, que sabia exercer o seu papel, nos tirava sem demora desse embaraço. Homem de rápidas decisões, mas manso, a ponto de rezar depois de encerrados os ofícios. Por certo apertaria no braço do pai, e com as palavras suas iríamos entender assim: *Você, meu cunhado, tem ainda umas folhas secas a tirar na jabuticabeira que plantou para os netos. Os seus. Se não comerem desse fruto, estará morta a história da sua casa.* E o pai, então, bateria em retirada da letargia. Mas tio finado Zésinfrônio não entra mais por aquela porta, desde que saiu por Outra.

O pai me agradece pelo criado-mudo comprado a prestações tal e qual a vida. Não há exatamente agradecimento em sua voz, mas outro sentido que compreendo e ignoro. É o que basta, sobretudo no tempo de guardar a sete chaves o que nos escapa.

Cada um doma, como pode, o seu desespero. O pai de Deja eu conheci alegre, não de meia satisfação como de uso e vez fazem certos homens de família. Com boa saúde e alegre na palavra. Mas dizem, sofreu sem razão dessa paz que traz o desespero maior. Melhorava a si plantando árvores, um jacarandá aqui, um pau-ferro na beira do rio, mais à frente um jatobá – plantas de crescimento demorado, como ele – o homem, precisasse de mais tempo para sair de sua própria casca.

Em dias tais, quando o remédio pedia dose dobrada, o pai de Deja invadia com o sansão do campo metros e metros de terras alheias. Sua posse era mansa, vinham ao seu encontro os donos dos sítios e lhe ofereciam água e conversa. Iam-se, depois, e ele avançava com a satisfação de curar a si, fazendo-se de sadio. Essa floresta começou com o pai de Deja, mas se alargou mesmo depois que ele não cavou nenhuma outra cova, a não ser a sua. Desconfio que se somaram a ele, secretamente, outros de coração aflito. Em silêncio, porque dar-se por desesperado podia ser motivo para cancelar matrimônio e mais atividades da economia de quem tem e não tem. Foram outros de alma em fogo, semeando suas raízes que doença não eram, mas saúde também não –

milegnA

oãmitabraB

uraB

iuqeP

Odradec

Ucuuba

Porém, o nervo ciático dessa mata foi atribuído ao pai de Deja. Cada árvore escorada na encosta ou entrevada entre outras, dizia-se, foi arranjo seu – dele, que ria, se lhe perguntavam pela saúde. Não houve, por muito tempo, quem duvidasse de que essa floresta pensava por seus próprios meios. Tornou-se um prazer acusá-la pelo mal ou bendizê-la pelo bem: se caía o céu – salve o pai; se aumentava o leite, salve igual. Deja suporta com sacrifício essa herança: o pai, seus ramalhetes de bondade.

Tudo raios.

Hérnias que o pai – duplicado em pais – obriga os filhos e filhas, os netos e insetos a carregarem. E é preciso honrar e ser agradecido por isso. Eu não me persigno. Sofri o pai que me deram, torci o seu nome e lhe dei o merecido cuidado. Deja não fez menos. Muitos farão o mesmo. Não quer ser uma sina, mas contrato que se pode fazer e desfazer sem remorso. Pai é parte não é praga.

Não se cansam de me perguntar pelo herdeiro que não tive. Eles que dizem dizem dizem dizem e redizem suas misérias – como se fossem nossas obrigações. Não tenho o que lhes responder: fui iniciado no meio do caminho de alguém – meu pai e minha mãe, meus ancestrais e seus ancestrais – mas, juro e juro, não me interesso em estender o fio que amarraram em mim. Estou. Só. Talude. Infiel ao verbo, deveras, um enviado que se revoltou contra a mensagem a entregar.

*

Nesse clarão de mata, à beira do rio, antes que a morte nos separe, estamos: eu, o compadre Mansueto e os cães que em casa são filhos, mas no encalço de outros bichos, não. Amarrar a linha na vara e jogar no açude com a isca na ponta – que esperança, se não vier o peixe, virão as palavras. Colocadas no renque, vão revirar o sossego da nossa casa. Porém, hoje, nesse agora que nos leva de volta ao começo do mundo, não deveríamos fisgar nem peixe nem palavra: por preceito, qualquer um bem de seu bem não tiraria sequer o chapéu do gancho. Tudo o que está vivo hoje deve morrer, para que os mortos vivam. Hoje é o dia sem coroa: Sexta-feira Santa da Paixão, como dizia minha mãe: é da Paixão, dia roxo e agoniado. É para se esquecer de tudo. E nada fazer para não dizerem que foi erro. O pecado.

Mas, sendo minha sorte, porque a empelicado se dá alguns direitos – viemos pescar. O compadre absolvido em sua inocência, os cães, alheios, são homens de outra natureza. Em mim, uma dobra no peito, ao modo de uma caixa com as pontas dos pregos voltadas para dentro. Estou seguro de mim e mais ferido. Estou agoniado por essa liberdade, em dia proibido ela terá um preço.

São essas as nossas misérias? – quer saber o compadre. Sim e não, respondo e me apresso a tirar os apetrechos da arca, apesar do dia perigoso. Se é que vim para matar surubim, risco com a mão endurecida. Ai de mim, um homem na altura da razão, com um bom farnel para viver e sobrar. Estou de frente ao erro. Alegria e agonia são difíceis de esconder. Não sei o que vou cometer, porque está cometido antes de mim.

Os cães farejam essa morte, estranha para nós, mas não para eles. Tão robusta morte, para se morder, uma carne feita de ardores, por conta de nos dizer *Para lá, o paraíso. Por aqui, o precipício*. Não é corpo de amor, quando dizemos estou morrendo por ti. Essa, que me cabe, é corpo de inimigo que eu deverei curar. E não curarei.

De perguntar por perguntar, o compadre Mansueto vai esquecido de minha resposta.

Prendeu a isca e a lançou na água do rio podre. A vara descansa no barranco e ele ressona: o escamado virá, espírito de morto que havemos de ressuscitar em alguma conversa, em casa ou no remanso do curral.

Nesse dia de proibições, descubro que também vou morrer, se eu quiser entender minha nova língua, terei que adiar a vida: a mão firme, o pênis da arma e meu corpo prestes a ser atravessado: como o prazer e a dor me fazem um homem alto, diferente do menino que acordava cedo para esticar o tempo.

O mapa da luta passou a ser o coração do homem: este eu, homem a ser vencido como uma ponte, sabe que vai morrer. Ninguém jamais saberá o seu crime. Eu continuarei a ser o empelicado, o que oferece a todos o remédio e não sofre. O que foi tocado no útero e veio protegido para ajudar.

Nesse dia santo, vejo, entre o rio e o barranco, a falha que me sorri, absorta, em cada uma de nossas vidas. Vejo a aspereza roer o meu dedo de precisão – aquele que puxará o gatilho. Por causa desse áspero perco a precisão, sem ela o tato se torna impreciso. Para fazer a pontaria há que se sentir na falange – mola improvisada do gatilho – a queda do algo: seu peso e seu silêncio.

Mas, com o dedo carcomido e riscado, é de uma pontaria grossa que me sirvo. *São delitos da morte*, me há dito Sinhana, que tem por ofício banhar, perfumar, vestir e deixar em ponto de amor o corpo de quem nos deixa. *Nesse cuidar, fique a saber o meu compadre Inoc, a morte se faz linda. Linda mesmo, como jarro de frescas flores, à janela, para ver e ser visitada.*

Eu escuto, porque é de escutar que não se fica mudo. Não participo com Sinhana nem com o finado prior das despedidas, o conhecido tirador de excelências dessas bandas. O meio irmão de meu pai, sempre idoso, o padrinho Antero. Sua voz de senhora, para desconcerto de quem espera anjos com voz de meninas, ia de esgrima para consolar os parentes de qualquer falecido,

    ... duas incelença
    É da Virgem
    Senhora da Soledade
    Só nossa mãe é bendita
    E dolorosa imaculada

Dessa conta Sinhana + Antero = morte linda não participo: nunca. A morte, como entendi com o artista Wir, é um dente obliterado – é porca. Não há cetim que ponha flor onde o excremento vigia. Ela é. O resto depois do beijo é morte só, nem de longe leve alcanfor. Ela é o presente que faz a viagem sombria parecer um céu, porque dá em cheio com o destinatário do tiro. Não lhe dá tempo de intuir o abismo. Alguém cai e não há salvação. Se tivesse, não nasceria – rude sobre o corpo – o pensamento final: aqui jaz. Tem razão sobre o que padecemos, sempre tem razão, mesmo no que não diz, o meu compadre Mansueto.

São horas entre dia e noite, estão abertos os portões renegados. Não sabemos o que bem de lá e atravessa por nós, em tal fúria e velocidade, que apenas seu raspar de pelo nos desconforta. E depois vem a ausência do que não vimos e passou por nós e, por não ficar conosco, nos atormenta. São horas abertas, é tempo de terminar o compromisso com o compadre Mansueto, fazer a fieira de surubim e outros ais de mim, subir o barranco e lhe dizer *Deixe na varanda. Deja se ocupa de tudo.* Ouço, enquanto ralamos os pés na ribanceira, um trino – se eu estivesse em mim, diria que é o tordo apenas para ouvir sua repreensão, compadre: *Seja dos nossos! Isso vem de sua cabeça. Já viramos a tarde e cada um trate de ficar quieto.*

Para o bem vivi prevenido. Sempre que me diziam para "não fazer", por desagravo, eu já tinha feito e posto pé na estrada. Não foi diferente na pescaria de Sexta-feira Santa. No final das contas, o peso maior ficou com o compadre Mansueto que, anos depois, morreu dizendo que não teria perdão. Ele nem deixou a fieira de peixes para a Deja: dividiu com os parceiros, entre boas doses, na tenda de nosso outro compadre. Uma tenda, diga-se de passagem, porque não tinha espaço dentro. A mão que servia se declarava desconfiada: punha no copo e no prato o que era de cada um. Arrecadava o dinheiro. Devolvia o que era de devolver. A ninguém fazia gosto demorar naquela paragem.

A traição que o compadre Mansueto me fez de comer e beber sem minha presença seria perdoada. Mas pesou a culpa de sorrir numa sexta de sofrimento. Contra essa dívida o compadre não lutou. E nem podia. Os morais da igreja e o falar mal da vizinhança lhe deram a sentença. Ele padeceu os últimos dias com a boca seca, sem mastigar nem engolir. Dizem dizem insistem em dizer que sua pele ganhou cor de papel de seda, tão fina, que se lhe passassem a unha rasgava-se. E não era pouco, era mais: enquanto pôde, o compadre Mansueto errou dias e noites ao redor do próprio quarto. Inventava nomes para os lugares, dizendo-se em viagem. Perdia-se em choro porque uma tal pessoa não o esperava. Passava assim, tempo demais, viajando para não encontrar o abraço que o protegesse.

Sofria, o meu compadre.

Por conta daquela pescaria em dia santo?

Não, claro que não.

Sua pena vinha de gente como nós, metida com negócios porcos. Gente de nossa vida, acostumada a comer e a beber juntos. Não há miséria maior que essa traição. Nunca nos traem os estranhos – o que fazem, esses, é nos ensinarem a abrir os olhos para aqueles que selam com um beijo nossa condenação. Precisamos ser de casa para sermos traidores. Derrama, derrama, derrama – ouvi muitas vezes o compadre Mansueto gritar sempre que um de nós era traído por um de nós.

Dizem que ele ainda escutava o tordo. Mal teve palavras para explicar por onde tínhamos andado. E o que tínhamos feito: nada que ninguém não saiba, mas algo que ninguém faria.

De volta de suas viagens circulares, o compadre quedava-se na cama. Esfregava as mãos, antes de colocá-las em concha sobre as orelhas. Punha-se a escutar, puxando fio a fio o silêncio. Fez assim até que, num final de tarde, descansou.

Eu sobrevivi para me danar. E doar.

*

A luz do sol empresta ao capim um verde que ele não tem. Faz algum tempo, as matinas cessaram, ninguém canta nem reza. As mães e as tias se recolheram à cozinha. De lá, como se viessem de outra era, chegam umas sensações. Elas atravessam a casa e chegam ao quintal sob a forma de um café ralo, doce e quente. Temos que mastigá-lo com o pouco de fubá grosso, aquecido na gordura, entre as mãos. É o que basta, porque é o que se tem. Hei-de dizer a Deja que rondei mais de um dia, para estar aqui, na hora das matinas. Isso porque necessito olhar de perto o homem santo, talvez o único entre nós que procurou e falou ao anjo da guarda. Aqui nos Coqueiros ninguém põe dúvida no que ele afirma. Vejo a tanta gente que o acompanhou nas rezas da madrugada e espera por ele, com o frio roendo a pele.

Nos Coqueiros está dito que é homem santo. Não se sabe, de verdade, o que ele fez, mas é o tamanho do sacrifício que adianta o lado ângelus de uma pessoa. Eu, dada a minha natureza, creio e desconfio. Dou o nó da dúvida. Nada tira a beleza dessa manhã em que o sol se esforça para abrir uma janela no breu. Sua claridade sem calor é que nos faz apertar os braços uns nos outros, esfregar as mãos e torcer para que o homem santo apareça logo. Aos poucos reconheço os rostos que estiveram comigo durante as matinas. São todos parecidos ao meu, chegam a ser eu mesmo em corpos que engravidaram e pariram, em corpos que estão crescendo, agradecidos porque demora a infância. Em corpos que vão morrer em breve e que, eu sei, são a parte menos triste de mim. Estou em êxtase porque, afinal, somos melhores na vida de outrem.

Mas, tudo isso cai por terra quando o dito homem santo aparece. Ele é ainda menor do que à hora das matinas. Não tem nada além da roupa comum, do gesto comum que tivera antes. Olhando através dele, me pergunto se não éramos nós, sem nenhuma força, os seres privilegiados. Estaríamos encarcerados de encanto e só por isso o víamos maior e mais santo? Era em nós a magia? Vinha no bruxuleio da lâmpada? Ele raquítico e nós imensos: oceanos engolindo o graveto? Ilusão ou não, esse aí que se parece ao compadre Mansueto me assunta. Sei que ele diz a si mesmo: eu sou seo-sem-nome que atravessa o vilarejo. Não há nele nada que me convença. Esse é o tal? O inexplicado? Vejo nele a verruga que nos ajuda a reconhecer nossas rugas. Ele tem uma rachadura nos dentes como o vendedor de estrume.

Ele é só.

É.

Por que precisamos de coisas celestes a ponto de nos enganarmos tanto?

Ah, Deja, são agora umas dez horas da manhã. Um certame de gente foi-se embora, regalada com uma aura que posso ver, ainda, quando vão ao longe na estrada. Eu não me arredo, sinto frio porque não há blusa nem mistério que me agasalhe. O homem santo acena para uma última pessoa e se volta para entrar em casa. O quintal é um silêncio. Um túmulo de palavras. Não me arredo. Apoiado a um tronco de jabuticabeira amparo as folhas caindo – é tudo o que temos agora: um vento escasso e o silêncio. O dito homem santo e eu, hesitando ambos, se iniciamos ou não a conversa. O vento acelera um montículo de terra vermelha. *Era isso então?* – ele me pergunta. Dou de ombros, como se lhe respondesse: sim, e não me surpreende. *A mim também não* – ele completa.

O que se seguiu exige de mim uma outra língua, Deja: para deslindar o que mastiguei. Não foi por acaso que me deram os nomes de Inocêncio, Inoc, Esse de Agora. Sou urgente, com a resposta pronta antes da pergunta. Prático como a mulher de Antônio Pião que torce a saia para ver alguém caindo do cavalo. Ou como o próprio Antônio, que vira os arreios para trás e vai passando as emboscadas. Temos por igual resolver de pronto sem pensar nos rios a fio. *Era isso então?* – retomou o homem. De perto, ele tem a mesma fissura que eu, que tu, Deja – que os nossos vizinhos. É um só, esse homem, parco. Para sugar sua palavra me esforço. A princípio quero tudo o que ele disser, tudo o que um de seus gestos ameaçarem. Ele nem se move, não me diz nada. Diante dele, não há nada além do que eu mesmo faça ou diga.

Estou faminto, sinto a garganta arder.

Ecce Homo é uma farsa. Um vazio a ser preenchido pelas minhas incertas atenções. Não é santo.

Não é.

É oco.

Há nele uma recusa aos homens que se cobrem com vestes pesadas para predicarem ao pôr-do-sol. Contra a investida das abelhas. Contra o caracol e a lebre. Ecce Homo recusa as palavras altas e o púlpito. Diferente dos outros, Ecce Homo está aqui, ao rés do chão, ao rés de mim. Desceu à altura de si mesmo para alcançar as avencas entre as pedras. Me parece úmido, esse homem. Nele se aprofundam meus temores, mas há uma alegria também, que se renova. Se penso tocar suas mãos – a pele mal esconde os ossos – digo a mim mesmo: serão de nuvens. Ah, Deja, quanta gratidão estou vivendo. Não preciso doar nem receber. Sob os limites da casa, vou com esse homem sem mentir. Tudo nele é escárnio às grandes coisas. Não estou mais preso à roda que não gira.

Saltei para fora desse círculo. Vejo as galinhas ciscando, do lado de fora do quintal. Um cavalo infla as narinas, um cachorro late vermelho. Quanta vida, em pânico, pulsando. Sou puxado para ela, convidado a beber e a dançar. Tudo excessivamente. Entregue de corpo e alma a outro corpo. Eu externo, exposto, extenuado. Tenho suas fibras enleadas às minhas e não entendo onde começa ou termina minha própria sombra. Ah, esse gozo. Ecce Homo. Tanto mundo que mal cabe em meus bolsos. Sou empurrado a ser livre – aos ardores aberto. Nunca senti tanta raiva de mim, Deja. Os pelos se arrepiaram ao me saber sem as amarras – um sexo sem as punções da família.

De repente, uma voz veio ao quintal e nos chamou. A menina, uma das netas do homem, voltou para a casa e nós a seguimos. Sem nenhuma palavra, nos acomodamos na cozinha, à beira do fogão. A essa hora da manhã, o fogo a serviço do almoço deixava um calor de útero no cômodo. A hora propícia, pensei, enquanto seguia o homem, enrolando o cigarro. Agradeci à sua neta pelo caldo de cana aquecido, sinal de carência porque nem o grão de café se tinha naquela casa. Mas tinha-se mais ali que na casa do saudoso Zé Vítor, boca larga do mundo. Eu não vim até Coqueiros para fazer perguntas. Bastaria que o homem me recebesse e estaria de bom tamanho.

Não sei o que se passou, enquanto o fumo e a cana impregnaram a cozinha. Um diante do outro, era como se tivéssemos regressado de um longa viagem. *Desde que dispensei deus* – começou o homem – *aprendi que pensar é estar sozinho. Fora de sua barca há salvação, porque se pode mergulhar junto aos peixes e se agarrar ao fundo do rio. A gente que vem aqui não me quer. Aceito agradecido os bens que me trazem. Precisam vir com o sal e a farinha. Se eu não como nem durmo, é legenda, necessidade de quem me procura. É doloso esse sagrado que se inventa. Não passamos fome, porque a sarapintada é generosa: ruge, mas passa ao largo, deixa os porcos e as galinhas. Não comendo os bichos de casa, ela nos alimenta.*

Por que tanta visita – imagino a pergunta. No entanto, não movo língua nem lábios. O caldo de cana desce ao deserto no estômago. Estou morto de fome e não quero comer.

Eles veem pelo próprio egoísmo.

EcceHomo fala quando não deveria, penso. Mas dispenso logo essa ideia. Eu mesmo não vim para tirar algo dele. Vim porque a ferida era minha. Não preciso de deus, nem do seo-sem-nome. Careço de um emplastro de alma. Se eu não me quisesse iludir, iria eu mesmo buscar o assa-peixe. Punha no pilão e macerava com sal e gordura, para dar liga. Enfiava depois, por minha conta e risco, num saco de pano virgem e tatuava sobre a minha dor. Enquanto isso, liberava deus para ir no açude, escolher um caniço e soprar sua música. *Vêm por medo, já não posso dizer – voltem para suas casas. Talvez me matassem, porque perderam a vontade de saber que têm uma casa. Não querem entender que quanto mais se é livre de deus, mais ele está com a gente. E se tem tempo de cuidar da vida. Se fosse onça essa gente, deus saberia que é melhor compreendido.*

O fogo avermelha, Deja, e um bom calor me veste. Olho para a mesa na cozinha e reparo que não tem gavetas. Aqui não se esconde a comida quando chegam os visitantes. Vê-se. A neta diz algo aos ouvidos do avô, ele balança afirmativamente a cabeça. Logo os pratos brotam sobre a mesa, como se dissessem: há um lugar para ti entre nós. No entanto, sei o que vim fazer e não espero mais que esse rubor na alma. Dou conta de terminar o café e me despeço. O seo-sem-nome economiza nas palavras e sem mais que um aceno de mãos, sorri. Deve estar satisfeito pela minha partida porque, afinal, sua multidão é sua ilha.

*

Nunca lhe contei, Deja, o que se passou depois que saí dos Coqueiros. Conto sem muita certeza. Me ajude a entender se vivi mesmo ou se pensei mais do que senti aquela mão no meu ombro. Vim a passo lento com o rocim, descendo as escarpas. O povoado ia ficando novamente encoberto pelas nuvens. Visto à distância, não parecia diferente de outras colinas com um riacho entre as costelas. Mas a questão talvez seja essa: o depois. Nada importa antes, nem durante, porque ainda não é. O depois faz as coisas, os lugares, as pessoas e os bichos porque temos o tempo de julgar. Então o que somos – coisas, lugares, pessoas e bichos – depende desse freio que é o juízo de valor. E isso não é bom. Se o juízo entorta, e acontece muitas vezes, destruímos aquilo que construímos.

As coisas.

Os lugares.

As pessoas.

Os bichos.

Tudo a que roubamos o passado e julgamos é incompleto. Manca pela falta de liberdade.

É como pensar, Deja, em onze cabeças que julgam sem o coração. Delas não escapam nem onça nem lebre, tudo será escarnecido. Visto de longe, o que não tive em Coqueiros já era uma sabedoria. Um corte costurado sob água da fonte e raminho do monte. O seo-sem-nome não era dono nem de sua calva, mas nele tudo era uma pulsão no peito. Desci das nuvens, Deja, menos pesado, menos orgulhoso da cabeça que trago comigo – e que julgava e punha garrote na alegria.

Quando chegamos na parte baixa, na berma de um riacho, apeei do rocim, me desculpei por esses anos todos de miséria. Eu bem podia ir daqui para lá por minhas pernas. Nada, fui mesmo em suas costas, correndo além do que era preciso. Ele, talvez, mais livre do que eu: os arreios estiveram sempre em mim. Nossa velhice é diferente. Ele não arreda diante de uma ponte a perigo, mas eu espreito, duvido, rumino uma centena de vezes antes de me afogar no seco. Deve ser um acerto de contas, Deja, que o rocim faz comigo. Invertemos os papéis na vida se não entendemos as regras: não há jogo, tudo é sério e definitivo. Não ficam sombras de nossas ideias. Não há tempo para mentir e dizer que foi histrionice: o riso é belo porque é sério. A história de uma segunda chance, de outra chance quando não se tem esperança é uma burla. O metal nos atravessa e não respiramos. O que é feito mais tarde com aquilo que fomos é obra de outros – sequer pomos o sal na mesa onde comeremos.

Desci transido de frio, as águas do riacho se dividiram, enquanto passamos, com pouca vontade, o rocim e eu. Morremos, Deja, nascemos? Mudamos de forma ou pensamento? O que nos tornamos traz algo do que éramos, mas ainda não sabemos onde nem quando a dor nos tirará o sono. Agora tudo é calmaria. Minutos lerdos. Gosma variando entre o cascalho. Há um fundo, em algum lugar, que não tocamos. Não é pesadelo a demora para cruzar o riacho, apenas internamento no miolo de cada forma – entrada na fresta que nos olha e chama e engole e devolve – quando?

As últimas casas de Coqueiros desaparecem quando, finalmente, pousamos o pé na outra margem. Um fardo desce de nossas costas, em tempo de sentir a poeira se levantar. Sujeitos à terra, enfim. Demudados em coisa palpável e dura, embora estranhados de tudo o que vivemos. Os pedregulhos riscam minhas botas e os cascos do rocim. Dois homens, meio cavalos – dois cavalos, meio homens. Fluímos por longo tempo no caminho, sem ganas de parar. Nenhuma alma viva cortou por nós, as mortas, pode ser, que viessem, fazendo número nessa senda estreita. As almas mortas, Deja. Há diferença, na minha teologia sem regras: certas almas não querem entrar em outro pote, vagam satisfeitas da falta de contorno que conquistaram. São bolhas ao vento, indo e vindo à mercê de, como vontades de, porque são senhoras de si. As almas mortas nada: não têm ninho, roupa, fardo que lhes sirva de contrapeso. Flutuam e, desesperadas, querem âncora. Por isso ralam em nós, ruflam nossa carne. E mordem para entrar. São prazerosas em seu horror. Cabem em torno como tecido bem posto, à medida de qualquer corpo. São gêmeas mesmo de quem nunca viram a medula.

O rocim e eu tínhamos varado um terço sem medida de estrada. Nos demos conta de que a paisagem mudara: o céu turvo estava baixo, pássaro – se algum havia, não fazia caso de cantar à nossa volta. Depois de tanta coragem, numa vida costurada, o rocim empacou. Não vou adiante um passo, alguém disse: o cavalo em mim não queria se arriscar. Mas quem era quem? Naquela hora erma, nós que fôramos tão juntos tínhamos, enfim, nos separado? Bom senso não é qualidade humana. O rocim se revoltou. Pôs alto as dianteiras, o mais formoso cavalo que jamais eu teria. Era outro, era o mesmo. Eu me enganara a vida inteira. Tudo que vi, fiz e refiz eram ilhas. O mar grande viria agora. Eu sozinho diante de. O rocim disparou de volta para os Coqueiros, faiscando entre as ramagens.

Dei-me aqui. Na verruga.

Cavando.

Ecco – diante de, cara a cara com.

Lembre-se, Deja, eu já não era eu-mesmo. Tinha me desdobrado e me olhava desde fora. A mão acintosa que pousou no meu ombro era a sua, vi e senti – mão e peso sobre um corpo perdido. Desvario, Deja? Não sei, o real me dava ares de pessoa viva, às voltas como uma qualquer tarefa do dia. Eu poderia morrer ali, olhando para mim mesmo. Por testemunhas um pedaço de mata, um riacho e o silêncio. Denso de brancura, quase névoa. Um lugar sem hora. Eu seguiria assim por séculos, Deja, não fosse o cansaço de me olhar e de me saber menor que aquelas duas partes. No fim de tudo, nenhum dos dois eus combinava comigo. Sim? Não, não sei. Quando se está vivo, morrer não é uma consequência – é um adiamento, uma mesura quando não se quer desagradar alguém. Mas eu era uma viva pessoa naquele lugar, a ponto de ver saindo da névoa um reflexo. Meu? De quem? Um signo sem pé? Um sonho. Foi. Sei lá, Deja, sim arrepiei na raiz do cabelo, mas não me afastei.

Estava.

Tato.

Eu, por fim, todo dentro de mim.

E.

Põe a sua mão aqui nessa árvore, foi-me dito. Pus, talvez, não me lembro. *Fez o certo*, dito – não desminto. *Sente? Descendo a greta?* Não. *Pois devia*. Sim, Deja, era um descontentamento, eu intuía cada anel do tronco, do fim ao início – do pensamento antes da árvore. *Agora ali na carcaça*. O que é isso? *Sente o grumo, o úmido, a ferida*. Foi-me dito. *Sai de si, entre na casca da árvore: vê nela o bicho?* Não é um corpo, nem de fera nem folha nem fé esse odre onde me enfurno, mas vou. Atrás de algo me deixo ir porque na volta – foi-me dito – será para bem humano esse sacrifício. *Vê?* – Não, não vejo além da ponta do meu nariz, sei que os pés estão frios, por causa do riacho que há pouco – há quanto tempo – cruzamos? O que foi recebido aqui se paga, eu disse? Foi-me dito? E o que foi devolvido às vezes nos salva – pensei, antes de adormecer, Deja, ou foi-me dito?

De repente, sinto um pano úmido roçar o meu rosto. E logo um solavanco no ombro. O que era sussurro aumenta aos poucos e as vozes foram logo perguntas. O que houve com o senhor? Seu cavalo voltou aos Coqueiros e bateu os cascos na soleira de nossa casa. O senhor está bem? Em meio ao rumor distingui três ou quatro das pessoas que vira no quintal do homem dos Coqueiros. Ele estava junto, mas quieto. Senti de novo o rocim roçar-me o rosto, afinal ele não fugira. Estaria certo no que escolheu? Seu pensamento era o que eu não podia ter? Essa condição de fé armada é insuficiente para entender o que é uma língua sofisticada. Que tem método para dizer de outro modo. Fui me levantando aos poucos, deixei que me pusessem na garupa do rocim não sem antes voltar-me para o homem dos Coqueiros. EcceHomo, pensei, continua a me tirar os calos. Nada me fazia odiá-lo nem amá-lo. Fixei os olhos em sua roupa, talvez para não debater com o seus olhos. Falhei. Não havia o que mirar na camisa e calças gastas, no couro surrado das botinas. Homem pobre, que ninguém veria na beira da estrada. Homem, mais do que todos os que eu enxergara em toda a minha vida: apoiados no coldre, na casa-grande, no motor, nos bagos de outros pobres. Eu não vi nenhum deles a vida inteira. Vi seus apetrechos, nunca a alma de seus filhos, apenas seus benefícios. Homens esses, todos, insossos – senhores de alguma coisa, que eu não vi. E foi culpa minha? Não sei. E suas hérnias, que fechei? As rosas nas pernas, vermelhas inchadas dores, que amainei? Não eram corpos, não eram humanos que puxei do desespero? Eram, eu me dizia. Estava dito desde meu nascimento, esse bem que recebi – tirar o arrepio, trazer o alívio.

Mas, não é o devolvido o que nos salva, terei ouvido?

Não sei por quanto tempo o rocim cambaleou comigo. Senti longa distância percorrida ao considerar a mudança das folhagens. Os arranhões nas pernas me diziam que o tanto da marcha atravessara o cerrado grande, sem pouso. Dei-me, bem depois, entre as folhas secas do campo sujo. Dorondon, dorondon, Deja, eu não via, tudo sentia, entrando pelo céu da alma. O rocim, esse ia a compasso com o vento condoído do meu estado. Tudo era inteiro, eu, um homem arreado sobre uma sombra que avançava. O rocim palrava consigo mesmo, o gorjeio do inhambu ia e vinha, íamos todos, tudo num movimento só. Lentidão era a maior pressa que tínhamos. Senti o rocim desviando dos murundus, cuidadoso para não me derrubar. O que faz um homem pensar que é maior que Um seu cavalo?

que Um seu cão?

Que Uma samambaia e Uma queda d'água?

Maior que o Um formigueiro?

É maior o homem? É. Somos alguma coisa mais alta que um palmo? Sei que me vi assim, em outras eras. Com meu cabelo firme, minhas ideias idem. Eu que viera empelicado assumi obrigações que não queria. Aos poucos, tomei gosto de arrumar a vida alheia, gostei de entrar na seara do dinheiro. Nunca me deram diretamente a riqueza, tanto que nem mudei do sítio arqueado, não troquei nem o rocim nem os pés por um jipe. Segui homem de roçar a poeira, de fazer um estirão de léguas sem tirar as botas. Mas cresci, Deja, me senti. Subi além dos bichos e das plantas que me chamaram de irmão, me deram sua coleção de letras, sua mandíbula e sua amizade.

Digo, porque disseram ao compadre Mansueto, a traição vem de quem está próximo: eu fui o terrível, traí desde dentro as plantas e os bichos e o ar e a lua e o sol que me deram corpo. Fiz, fazemos sempre isso porque queremos ser. Subir e descer sobre os ossos que nos amam é nosso destino. Somos, quando tiramos a costela dos outros. Não somos nada, Deja.

O rocim enveredou pelos descampados, eu nem sequer sabia a duração da viagem. Eu queria me distanciar daquela mão, no meu ombro: ainda curvo ao seu peso. Tento afastá-la, ela se internou em mim. Não pode secar como a água do córrego em minha pele. Está aqui, ficará. Até quando? Fui apresentado a ela naquelas furnas de mata ou ela sempre esteve comigo? Sou pesado, Deja, e o rocim cuida de mim, alheio ao meu sofrimento. Ele é o irmão maior, que espera o caçula na estação. O rocim me levantou acima das nuvens. Minhas pernas incharam. O coração ardeu. A cabeça balançou repetindo o ruído das cabaças. Percebi, decorridas quantas horas não sei, o passo macio do rocim, com menos solavancos. Estaria cansado? Mas um homem não pensa quando seu companheiro de viagem pensa por ele: o rocim sabia, o sítio estava próximo. Para que pressa? Eu, que ia morrer, não morri. Era preciso impor alguma dignidade ao meu pensamento derrotado. O rocim soube. Fez o passo silencioso entre os vergéis. Parou, feito barca do Estige, no primeiro degrau da varanda.

Não sei o que aconteceu. Me lembro de tombar de lado, caindo, caindo para dentro de um poço sem fim. Talvez minha cabeça girasse, ou o mundo. Não sei. Foi longo o caminho até o fundo e antes que tudo se apagasse, senti o vermelho nas narinas. Forte. Saudável. Um odor desesperado, como se a última chance para viver tivesse aberto a janela. Mal vislumbrei o rocim se afastando. O ruído dos cascos se perdeu e o meu amigo, minha outra face, se esvaía pisando nuvens. Foi-se. O rocim desdobrou-se. Amainou-se de mim. Surtou mansamente entre, em direção ao pasto. Eu não estava em mim, Deja, mas em casa. Disperso, endurecido e chorava, quem sabe, como se os pulmões se enchessem novamente de ar. E ardiam, ardiam pelo ar que me atormentava pela primeira vez. Eu chorava, é possível, sem amparo, lançado no mundo. Esse cubículo. O que sei depois da queda é fruto de tuas palavras, Deja. É *divera* não sou mais através de mim, e é injusto que tenhas de me fazer nascer. Minha mãe fez isso e nunca lhe dei descanso. Tenho por sina exaurir os que me querem, descobri que esse é modo para eu subir à copa das árvores. É um alto preço. Um dívida que se acumula. Nos meus alumbramentos, quase acredito que o bem se alimenta do sofrimento. Ou, que eu, pelo menos, me saí benfazejo fazendo o mal. Onde tudo isso se ancora?

*

Quando te conheci, Inocêncio, tua fama era tua desgrama: de um homem sem erros ninguém podia esperar que fosse humano, que sofresse e fizesse sofrer. Inocêncio é um estado de graça, se dizia em todo canto. Que bem-estar para uma mãe ter um filho assim. Que afronta para um pai. Às mulheres não é dado sair do arco, estão pregadas pelos anjos no altar de alguma capela. São puníveis, as mulheres: herdam e não podem errar. Eu me lancei, fiz do arco meu impulso.

Fui, irei. Mas, o pai? Desse se espera tudo, a esse tudo se dão quase todos com boa vontade. É homem, menos pelos bagos que traz entre as pernas. Não, se fosse por isso, seria nada – tudo perde a força, um dia apodrece. Não, é vertical o pai, por isso lhe deram os direitos. Nasceu com eles dentro da cabeça dos outros. Não são poucos os que entendem que ele sempre pode varar a cerca de qualquer pensamento. O pai age. Ágil. Escondido à luz do dia.

Arre com o pai.

Tua mãe sofria alegre com tua inocência, quase santo. Um filho de chamar a inveja de outras, que viram os seus embarcarem em canoa sem rio. Quanto mal fizeste àquela tua mãe, mulher reconfortada. Sem que quisesses, é um fato. Não se teve notícia de filho mais zeloso, a ponto de nunca sabermos se tua mãe morreu, se vive. Dizem que se os marrentos se esmurram, na família, ainda contam com ela para apartá-los. Tiveste tua mãe inteira no parto, Inocêncio. Não perderás isso, mesmo que ela sofra ao saber que não eras mais o empelicado. Em teu pai deste uma aguilhoada em ponto de cruz. Quebraste o espelho em que deveriam se olhar um para o outro. Que pai imagina isso? Nenhum. Ninguém que se olha no espesso vidro sobrevive – ver-se horrendo atrai um sopro que nos derruba. O teu pai te amou, Inocêncio, porém te odiou porque mostraste o ogro que ele fora. Ou que tu serias, um dia: homem apegado à rama dos poderes.

Na verdade, nunca estive contigo, mas sabes a distância entre mim e as tuas mãos. Sabemos a onça em teu coração. A liberdade. Foi por ela que ficamos juntos. Entendemos isso, em silêncio, longe de nossas famílias. As visitas à nossa casa, a mesa escassa e tua gentileza para atender – tudo foi uma ventania – a palmeira queria mesmo era voar. Consegues imaginar isso? Sei que estás cansado, o rocim já se recuperou, mas tu ainda te arrastas entre as ramagens, com os pés molhados e aquele peso nas costas. Sim, sei alguma coisa sobre isso, foi o que conseguiste me dizer antes de despencares do rocim. Tens o fardo de muitos homens, Inocêncio. Foi difícil levar-te até o quarto. Fomos, palmilhando cada rachadura do piso. Nossa casa envelheceu para se esconder entre os ipês. Andar por ela se tornou um exercício de convento, onde nem sempre ir é partir, nem sempre voltar é chegar. Um labirinto, foi nisso que se transformou a nossa casa. Ou nós. Varridos pelo vento, como as samambaias, eriçados como os espinhos. Nos fizemos casa, Inocêncio, sem a calma dos catres, sem o rubor das lamparinas. Engravidamos, enviuvamos, mas é aqui que vem tanta gente. O favo ainda não secou, vem muita gente colar os lábios na derradeira doçura, procurando bem-estar, dor nenhuma.

Mas era sabido: atrás de um apreço se esconde o preço: há sempre alguém com licença para fazer a cobrança. Para que tivesses a honra, deverias entregar o teu íntimo. Uma pessoa a quem é dado tirar os males precisa saber que nunca tirarão os olhos sobre ela. Não terás sossego na escuridão. Quando fores ao rio lavar o rosto, haverá uma cara maior a vigiar-te. Quem será? Gente da família, um vizinho, um estranho? Um animal desgarrado? Não se sabe quem, mas haverá sempre essa vigilância dentro do espelho e ele não terá a tua imagem. Tenho para mim que todas essas faces são a terrível. A inominável. Doce e rasante. Que não aprecio porque sou mulher de matemáticas. De cálculo que eu conduzo. Para mim é o pai, que nos impede de ir ao abismo. Que nos pede para esconder a flor. O que tem ele além do céu sob o seu jugo? Tem os homens, tem uma coleção de remos que afundam no rio. Foi para entender esse pássaro violento, Inocêncio, que vim para junto de ti. Para recusar junto contigo esse fardo que não é.

Não é pelos acontecimentos dos Coqueiros que te pergunto: o que houve? Cruzar um riacho e nascer de novo não causa espanto. Cada dia cria os teus santos, uns de lata outros de prata. Vai se saber em quem acreditar, esse ato não é próprio para gente humana. Temos habilidade demais em costurar máscaras, cada uma depende da festa, do padroeiro e do dinheiro. Não foi a mirabilia nos Coqueiros que te empurrou para a senda escura, estiveste a vida inteira dentro dela, levando de braços dados os esmorecidos. A velhice chegou enquanto curavas a sarça dolorosa dos outros. Era certo que sofrias, Inocêncio, preso à pureza. Ninguém suporta isso e se fica aí, enredado nessa luz, mente. O humano tem que sair da casca, cair, quebrar se quiser ser amado. A queda é a salvação, Inocêncio. Não eras uma sempre-viva no campo, apesar de tua capacidade para se deixar no tempo. Mata o pai que está em ti. Ele também será mais feliz, livre do prazer que só os corpos podem sentir. Mata a ti mesmo se quiseres ser o ramo amado. A sempre-viva.

Não tive sossego, desde que te vi chegando ao sítio de minha família. Era noite e chovia pelos cueiros do mundo. Fazia semanas que ninguém apontava na estrada. Os bichos estavam amolecidos, ficávamos em casa aferrados às moléstias do frio. É provável que meu pai tenha te chamado por voz de uma de suas comadres. Era preciso invocar Santa Clara porque tudo ia por água abaixo: o roçado de milho, a manga dos porcos, a rinha – a aresta de cada coisa amolecia. Um entristecimento que burlava a alma. Tínhamos fé, mas não paciência. Sofrimento não deveria ser agrado para nenhum deus, sentenciava meu pai.

Era noite úmida quando entreabri a janela e te vi, montado no rocim, envolto numa capa negra e com o chapéu arqueado. Os dois pareciam uma sombra só, que girou para abrir e fechar a porteira. Entraram. Tu te tornavas mais alto, quanto mais te aproximavas da casa. A cada passo do rocim, a terra afundava. E a música única dessa noite era o silêncio. O breu. O fim do meu sossego, Inocêncio, veio com as visitas que nos fazias e das conversas alegres na varanda. Vinhas com atenção. Meu pai e minha mãe se atreviam a gostar de ti. E do rocim também, os cachorros nem latiam para ele. Enquanto a tarde varava, os teus e os nossos bichos nos davam um bom recado de convivência. Era possível, apesar de. Mesmo que.

Quando me soube em amor por ti, Inocêncio, não senti alegria nem febre. Do ir e vir que o amor impõe, me afasto. Me recuso a ser um talo cortado. Para alguém que, como eu, tem um coração pensante, o amor é intencional: se se quer uma companhia, sabe-se o porquê do querer. Me recusei a ser, desde sempre, uma cidade que espera o rompimento de uma barragem. E, por esperar, morre vendo suas casas esvaziarem e seus rebentos serem torcidos pela agonia. Não sou a cidade morta que vai morrer à espera de algo que, talvez, não irrompa. Então, do que morreu a cidade? – seguimos separadas, ela entre escombros, eu no alto monte. Do que morreu, se fazia honras aos santos padroeiros e recebia com agrado os estrangeiros? Afinal, o que nos mata, Inocêncio? Morremos de nós mesmos, enrolados em torno da língua, até sufocarmos?

Eu só queria do amor aquela hora em que abri a janela e entrevi: o movimento subindo e descendo na noite. A noite mesma, deitada sobre minha cabeça. Ficaste pequeno, quando abri todo meu coração e cresci por dentro de tua boca. Desci o leito de tua barriga até saber que em tuas virilhas o vento eriça – quando sopra – a campina. Soube que não eras um homem casado, mas comprometido – com quem? Por quê? Não hesitei, pus a mão lá, em tua névoa, e te raptei. Fomos do alto ao baixo de ti. Fui, me soltei nas ondas de riacho que liam aos meus pés. Fui e te soltei, antes de entenderes o aluvião que atravessara tua alma. Não demorou para que eu te pedisse e aceitasses minha companhia. Sem urla, nos mudamos para essa casa no Ausente. Aqui o ar é longo, as plantas crescem com argumentos. Crescem por gentileza, às vezes penso que deveria ser por ódio contra os senhores abancados em mesas na cidade, que atiçam o fogo contra nós – rios e matas e cavernas. Mas o Ausente é uma sorte, ermo apartado fora do mapa. Ouvi dizer que é uma Ítaca em terra firme. Apreciei vir para cá, remando contigo, de braços dados, sob as vistas do rocim. Cuidei de arrumar a escola na lateral do sítio. Há muito de tua mão naquelas paredes, Inocêncio. Eu professora e tu, o homem d'ajuda. Vieram as crianças, mareando pelas estradas, entraram e ficaram na escola. Era uma revoada, todos os dias, no começo e no final das aulas. Tu me ajudaste a colocar as samambaias e os antúrios na entrada da sala de aula. Uma só. Para umas não sei quantas crianças. Elas me chamavam de professora de plantas. Esse é o amor, Inocêncio: ser chamada para alguma coisa, sem cobrança. Fui aprendendo a ensinar o que não sabia, cada melro, cada assanhaço – tudo dentro de tudo quando as crianças sorriam. Eram muitas, multiplicadas quando sorriam. Era assim, a nossa escola, rodeada de mimosas do campo, sem vidro nas janelas, sem gradil no pensamento.

Aos poucos, Inocêncio, tua vida abastada de fama se tornou comum: ontem, curaste um entrevado, amanhã seria um recém-nascido com o peito cheio. E me dizias: mal tive tempo de me esquecer de uma senhora em Pirapama. Os filhos não sabiam o que fazer ante o sangue que se espraiava entre os lençóis. Começou de um nada, de repente saltou. Já era então um caso amaro, os parentes em desespero se acudiam uns aos outros. Vim, vi. Como havia de conter o desespero e o sangue? Se eles desatam, não há como segurar sua vertigem. Eu estava a prumo. Venci tremendo por dentro. Contive os dois rios, não sem antes subir, montado na asa espessa, até o lugar onde tudo começa. Dessa vez, custei a entender o que devia fazer. O grave caso era uma disputa entre a vida e a morte. Eu estava ali, um reles, sem força nenhuma. Ficar preso à espessa ave era o que eu conseguia. O mais entreguei ao combate de quem eu não domino. Foi uma longa noite, suave a descida por dentro das palavras. Pousei, homem emplumado. Pus a ponta do indicador no furo da veia e sussurrei: para.

Quando foi que paramos, meu amado? Quando foi que a alegria da cólera se afogou? Tudo ficou real demais? Com a medida pequena que as coisas têm, que nós temos? Ficamos todos com meio palmo de altura, incapazes de olharmos sobre a crista dos maus? Ficamos iguais a eles: duros, ameaçadores? Pode ser, aconteceu enquanto minhas samambaias amavam a sombra na varanda, enquanto ias e vinhas bem sucedido em teus compromissos. Cercamos o mundo, Inocêncio. Com nossa vida de reconhecimentos, colocamos um colar ao redor de nossos pescoços. E apertamos. Esquecemos que o tempo merecido cresce no tear das pedras. Sonhei para viver outra realidade, diferente dessa onde o pão é apenas pão. Cresceste na realidade vil, Inocêncio, onde a gente se faz pequena por vontade própria e pede uma cabeça que pense por ela. Cresceste frágil, pela cabeça alheia. Serviste de palmeira a um pai sem corpo. O que esperar dessa palavra sem música?

O tempo que fiz para mim – o do sonhos – é insolente. Nele não adianta chamar pela mãe. Ela existiu e deixou de ser como as folhas que apodrecem para ser um azul alado. Chama pela mãe, aqui no sonho, Inocêncio. Ela não vem, não há. Há sim, mas impossível de caber na palma da mão. Aprende a ser pessoa, tu foste reduzido a caixinha de armas.

Faze dentro de ti a montanha que deves subir. Eu estou Deja, amanhã, quem sabe? Sou nômade. Humana. Em outras formas de terra, água e ar. Não posso me prender às tábuas da casa – desde que comecei a ler, os sinais brandindo em minhas mãos – desde que não me resignei estar ao pé do fogo. Sou mãe esmaecida. Amanhã começo de novo o que é novo. Igual: ao modo de quem faz um bordado que nunca se repete.

São ideias, as que tenho.

Pense comigo: e se tudo isso, a história, estiver no seu final? Andam com a foice sobre a cabeça, matando tudo: uma escolinha nas grimpas, um serro de cor miríades, um braço de gente que não se rende. Andam matando. Irão até a borda do precipício matando-se também. São muitos os que assim preferem – recusam, renegam se alguém diz que estão errados. Escolheram algo terrível. Não é sequer o mal que escolheram porque esse, visto no espelho, nos dá as finuras do bem. Escolheram um sem nome de ruínas. Um tremor. Algo que não é isso também. Tão desastroso tudo isso. Nem é mais virar pai contra filho, essa velha história. Nem parente contra parente. Velhice, coisa das eras perdidas. Escolheram, eles, de quem perdi o apreço, a mixórdia. É isso, meu amado, uma palavra que vai ao poço e retorna vazia. Vai ao fogão e regressa faminta.

Eu sou filha da vida, minhas ideias são outras. No tempo, o dos sonhos, não estamos à sombra da costela de Adão, essa planta que é bela folhagem, mas pesa – se enrola no tronco e sufoca as árvores altas. Não, Inocêncio, não é a inocência que esse tempo tem para nos dar de presente. Imagino nele as minhas comadres de mãos dadas, não de mãos postas, alargando um caminho estreito, até virar estrada. Até virar a noite. Vejo suas meninas colhendo letras no campo. Somos feitas para isso, para um lugar-agora, paraíso que se compartilha. Sou uma professora também, e aprendo ouvindo de soslaio, vendo os ruídos. Não é melhor assim? Sem um superior no alto da minha cabeça?

Tens que amar a liberdade, Inocêncio. Do jeito que amavas quando menino, com os pés na água do rio. Tens que voltar lá, antes que tua mãe ou teu pai tivessem nascido. Mas, e deus? me perguntas. E as obrigações a cumprir? gritas desesperado. E eu te respondo, te pergunto: alguém salvou tua alma? Achas que os corpos dos teus doentes salvam as almas deles? A vida não tem cura. O que fazes é adiar a lua entrando no sol. As melhores promessas, em nome de qualquer força, são apenas adiamento. Esse mundo de agrados e disparos onde vivemos é um teatro. Tudo parece ser além do que é, mas não é. Tira a máscara dos silvos e terás a selva. Se visses como eu, desde o tempo – o dos sonhos – saberias que não há remédio: a hora em que estás é o final da história. Essa linha apodrecida que as mãos humanas cortam aqui e emendam ali, com mau jeito. Por sorte, existe um outro tempo, que é uma girândola enorme, e acumulado de sonhos pode ser tocado, ferido e recuperado. É nele que o humano está, mesmo que a gente não acredite. Nele, a nudez de tudo, entressonhos, é cristalina. Dá para olhar além da casca. Além da pele. Dá para ver o que é névoa e, então, puxar o que há de concreto no mundo. Para vermos isso é preciso recusar o que está dado em nome do pai, em nome do fim, em nome do ranço. E quem se arrisca a isso? Quem se rasga e se costura, sem linha nem dedal, entende que somos maiores quando endireitamos a espinha, esticamos o pescoço e miramos todos os lados. Com nossos próprios olhos.

Eu sou assim.

Uma *finestra*, um desejo que se pensa e não se curva.

Se me queres, se tencionas voltar para tua casa, olha por cima das cercas.

Arde.

Ama o estreito ombro, a palma seca. O estranho, a polia enguiçada. Sai de si, Inocêncio, leva contigo quem não conheces, purga. Morde as cordas, corre sobre os teus calcanhares.

*

O vento rasteiro fustiga minhas sandálias. O pijama ficou largo, emagreci? Não sei. Quanto tempo estive na cama? Também não sei. Na verdade, nunca soube mais que o núncaras. A casa está em silêncio. Antes de me arrastar até essa cadeira, na ponta da varanda, procurei por Deja. Ela saiu. Os gatos dormiam aos dois e três e quatro na beirada da janela e do fogão. Apenas o aceiro trabalhava sob o bule. O cheiro forte do café era sinal de que Deja iria demorar. No comum dos dias, o café era translúcido, porque o bebíamos todo e logo era preciso refazer o litro. Certa de que eu teria dificuldades, Deja fez uma coada com mais pó: o grosso café dessa manhã era para manter em pé um homem de dar dó. Não virá nenhuma visita. Deja, com certeza, informou a uma das vizinhas, que disse a outra até que soubessem longe, o meu estado: Inocêncio arrefeceu. O melhor é guardar repouso. Que ele se cure por si, sabedor que é dos depurativos e mezinhas.

Estou sozinho, o coro sem forças não levantaria essa cadeira. Um débil lugar de febre, uma velha cadeira de balanço que pende à esquerda. E me segura. Me acomodo como se fosse viajar, com pouco espaço: encolho as pernas, quase me enrodilho. Assim se está bem para morrer, diria o meu compadre Mansueto. Ou para nascer, penso comigo, tensionado, esperando a hora de ser expulso para outro mundo. Está morto o meu compadre e não me diz nada. Fecho os olhos como se fechasse aos poucos uma janela. Quanto menor a fresta, melhor vejo – tiro de mim a luz que faz as vistas parecerem uma luneta. Vejo o chão batido do terreiro, vermelho. Os pés de arruda e comigo-ninguém-pode. As rendas de samambaia e a trombeta de saia branca. O urucum-coração-aberto, o mulungu, um caminho de sangue que empluma em direção à vida. Vejo a porteira e depois dela, onde o mundo é coroado de ruídos. Cerro os olhos, aos poucos, e ainda vejo: soprado pelo vento, um grupo de terra se levanta. Com ele outro, mais outro, logo outros até formar – se é mesmo o que vejo – um redemoinho que avança através do quintal. Ou do sonho? O que sei? Estou feliz porque o corpo recuperou a força e isso é que importa, nesse momento. Posso me levantar e caminhar, estou correndo da porta de casa até a porteira, indo e voltando desesperado. Ou alegre? Quem saberá? Às vezes, tudo é sem beirada. Um rio vai dentro do outro, uma agulha por cima da outra: casados e desfeitos, os pares se multiplicam, a multiplicação se divide. Já não corro, sou levado no olho do redemoinho. E a vida é polpa, a morte pálida. Pálida enlutada vida, estou aos prantos. Abandonado de pai e mãe, sem a Deja que me proteja.

O que é estar no centro, sem nada ao redor? Sabendo que é o seu próprio corpo que roda? Mas era eu? O inocente de carne e remorso? O filho de? Menino empelicado a quem não deram escolha? Sei que estou adormecido, quando faço essas perguntas. Adormecido me vejo vivo, fazendo as artes que em horas normais ninguém faz. Dentro do pião de vento, me dissolvo e sorrio – ser girândola, esse é o chamado da vida. Ser carrossel, golondrina – uma pessoa devia nascer para ser isso, giramundo. Para irritar o terno sob medida, sob os bigodes do pai: o que amamos, mas nos impede de girar – carretéis – até o final da linha. Contra isso estou sonhando, Deja, única maneira de tirar frutos aos acidentes. Como esse que começou, desde que entrei no redemoinho. Em pleno voo o mecanismo emperrou. Quem travou a roda? Quem me empurrou no sentido contrário? Ah, o sofrimento, a mão trôpega tentando girar a roda para o lado da alegria. Que horror: o arlequim incendiou-se. Que esplendor a explosão das cores. O mecanismo parece que desemperrou e começou a mover-se na direção contrária. Vejo os pastos, os trilhos e a relva. Mas sinto os dentes que puxam a minha pele. O cheiro de ferro e feno em atrito me faz enjoar. Grito, nem alto nem baixo. Não urlo, surto, me desespero. Os dentes tiram minha pele como a primavera troca as roupas do inverno.

Lentamente, urdindo a beleza sobre a tristeza. A pele aos poucos se descola: sou um homem azul – vermelho, Deja, exposto à terra, perdido de sua placenta.

Aos poucos, o vento se dispersa. Ainda sonho? Os pássaros negros voam longe, volteando a capela. Não são melros, nem azulões. São meus olhos que os inventam, nem há capela. Estou desperto, porque sonho. Porque me ensinaste, Deja, leio ao avesso a vida que me deram. Às vezes, resolver um problema não é difícil, justo por isso apostamos na impossibilidade de resolvê-lo. Mas estou desnudo, agora. Sonho, vivo, estou fora da pele que me vestia. Sou outro? Ainda sei? O que sou? Um riacho a meio caminho, um rio que diminuiu? Mal me seguro à cadeira, despido, temendo que chegue alguém a pedir minha ajuda. Não ajudaria, mesmo se viessem os anjos. Estou repleto com as mãos vazias, nunca fui tão leve, embora uma herança me prenda à mãe, lira que me embalou. Estou sem a pele do pai, mas tenho ao pescoço um breve e dentro dele a couraça que me deste. Escrita com tua letra, envolta em linho, a instrução secreta. Corto esse coração de pano, extraio sua verve – salto no redemoinho, girando na direção que desejo e escrevo, sem letra humana, o meu batistério: *eu sou filho da cobra verde, neto da cobra coral. Eu não sou o teu nervo, nem tu a minha faca de ponta. Pela graça de congonhas, me deixem ser Cici, o si do céu, um campinho de sempre-viva e o tudo mais que revém.*

Estou órfão. Vou soando naquela língua que é dada aos órgãos, na cabeceira das igrejas: ninguém a entende, mas se apega a ela e a leva para casa. Eu quero ir para casa, *minha amor*. O redemoinho se alastra pelo quintal. Folhas secas, galhos, plumas e cascalho sobem sem direção. Um homem também pode ir sem as peias da família? Assim, exposto, sem a pele, sem a palavra sob as quais se escondia? Estou, na verdade, recostado na cadeira. Nunca saí daqui, Deja, por mais que viajasse, indo de uma margem à outra, com a bagagem leve na ida e pesada na volta. Para tirar a doença de alguém, algum artifício eu tinha. Aprendido a duras penas desde criança. Para expurgar o horror é preciso conhecer o que ele era antes de ser o que se tornou. Indo pelas *duras cavernosas fráguas*, contei tantas histórias quanto os males que, afirmam, eu curei. Fui vezes demais ao Lugar sem Lugar, anterior ao Começo para ver uma doença vindo de fora para dentro, de cima para baixo, até ganhar um corpo e ter um nome. Hoje, estou doente de histórias, sem nenhum torpor no meu corpo, mas adoecido em sílabas. Foi preciso cair, longe do olhar de qualquer outra pessoa, me afogar e errar aos cuidados do rocim até sucumbir, Deja, e recitar meu nome antes do seu próprio começo. Quem? O que fui antes de ser Inoc, Inocêncio – Esse de Agora?

Tenho entre as mãos minha pele tatuada. Os dentes do redemoinho a descolaram de mim, parece um continente à parte. Estou leve, flutuo em cama de macegas. Sobre a pele que me deu orgulho o tempo desenhou uma geografia de sofrimentos e curas: cada risco é um nicho, uma casa pequena, um sobrado, uma curva de estrada, um riacho, uma cova, um sino, uma sereia – meus amores desamados – minhas armas. Não reconheço ninguém nessa geografia, porque é preciso esquecer o bem que se faz. Já o mal é uma biblioteca escura, que se deve contornar. Mas, sabendo agora que não sonhei a vida inteira, Deja, estremeço. Vivi o cacto da hora. O minuto morto em si mesmo. O resultado? Esse mapa de estorvos que se bordou em minha pele. Enquanto a vestia, eu era um cão farejador: ia na frente para encontrar o esperado: uma rosa vermelha, um furúnculo, uma lepra: o mal. Com a vela no alto, eu lia esses livros. E recontava, com empáfia, os meus afazeres: tudo porque havia gente querendo ouvir. Eu não os ouvia, mas lhes falava.

Entendo por que não me perdi por esses campos mirrados. Essa pele era uma Ursa Maior. Vou estendê-la na varanda como uma bandeira. Ela é o mapa que devo seguir para chegar ao eu antes de mim. Um eu que não dobrou a cerviz mas, quem sabe, se colocou acima da conta – diminuiu o somado, somou as divisões. A clara visão sempre esteve contigo, Deja. Se houve filosofia em nossa casa, não foi por mim que ela deu flor. Ao contrário, vinha de ti a regra de liberdade, quando me dizias, com um riso ferino: *Sabes de uma coisa, Inocêncio, o que nos dá fôlego é a desobediência. Tu vais vais e vens, tens e dás, mas não és o dono do teu nariz.* Então ríamos, dois velhos gatos azuis.

Um solavanco na cadeira me desperta. Sinto o corpo em chamas, a varanda parece um barco adernando. Não, não é o piso que se inclina. São minhas pernas que se desequilibram, quando tento me levantar. O que houve, enquanto eu dormia?

Não sei ao certo o que houve, mas a sensação de que algo aconteceu me deixa a boca ressequida. O corpo está leve, eu poderia correr até a cozinha para beber um pouco de água. Não, não vou, alguma coisa me prende nessa cadeira. Não é o peso morto, antes do sono. Estive mesmo acordado, alguma vez? Pelo contrário, tenho todos os anos às minhas costas e eles não me preocupam. Se Deja estivesse em casa, eu a tiraria para dançar, cantando a Tirana da Rosa. Seríamos sem idade, com o branco dos olhos atravessando o branco dos cabelos. Que fúria de menino, Deja, saltar com uns gestos desmedidos, o braço à frente do pensamento. A mão dentro do coração. Que fortuna, *minha amor*, estar nu. Não paira sobre minha cabeça o fumo do Lugar sem Lugar. Me despedi da pele de nascimento, da lavra palavra de muitas rezas, secretos verbos para provimento do bem-querer. Alguém me verá na festa do padroeiro? Vão tirar o chapéu, mais alto, quando cruzarem por mim? Que importa, talvez me ignorem e digam ao pé do ouvido *Esse foi um dos tais...viu no que dá colocar o passo à frente da testa?* Eu os escutarei, mesmo que não digam uma só unha, desejarei bondades para suas reses e suas gargantas. Há vozes que, às vezes, falam por nós. Vou me valer delas em meu próprio benefício.

Que enlevo escutar na rabeca um hino de noivos. Eu a ouvi tantas vezes, mas não era por mim que soava. Era para ter, na medida certa, a ternura contra o fogo no estômago. O paciente ouvia, curava-se, por isso me beijava as mãos. Eu era surdo a tudo. Um oco mundo, o meu canto. Contudo, desde que voltei do seu tempo, Deja, o dos sonhos, passei a limpo minha discórdia – quero ser um estabanado na vida. Sofri demais, não quero continuar a sofrer. Nem bilha que entrega a água às freiras aceita tanto ressecamento. O vento sopra com força e me expulsa da cadeira. Não estou preso a nada, sou uma pluma ao redor das samambaias. Todas minhas parentes. Todos os meus parentes escondidos põem a cara à mostra: um louva-a-deus, um besouro carapaça de guerra, as formigas e os mais seres com asas e sem asas. Os grandes e os pequenos. Os que têm gramática e os mudos. Um até, com alto-falante, me desconsidera porque não sou uma cigarra. E os cachorros e os gatos, os tatus, um tamanduá cego e os perigosos, depois da porteira. Os do mato, seres dentro de mim. Eu compreendo a todos e me dizem *Tu, quem é, parente desastrado?* Tenho um desprezo por mim, tendo sido homem abri mão dessas humanidades, meu sangue. Guias do meu inferno. Pacientes até que a hora chegasse e eles se libertassem de mim.

Eu também estou livre, Deja. Posso entrar e sair de mim sem o coro de obrigações que me vigiava. Encosto a cadeira na parede e vou para a cozinha. O vento se arrasta no quintal, já não faz a espiral do meu sonho. É um vento só. Um empurrão discreto no que vai pelo chão, certas lembranças, algum perdido objeto. Tudo pouco, escasso, a ponto de não vermos neles nenhuma aliança. Ledo engano. Puxo a porta da cozinha e entro. Está escuro, acendo a lâmpada, o cômodo é outro. Parece dizer-me *Quando voltaste?* Nada respondo, vou ao quarto, visto uma camisa e uma calça, as sandálias de couro – já não corro –, volto à cozinha. Os gatos em cima do fogão aproveitam o calor das brasas. Ponho sobre a trempe a vasilha com a água para aquecer. O açúcar desce de uma caneca de flandres, três medidas bem medidas. Apoio o coador sobre o mancebo. Em pouco tempo a líquida quente memória se mistura ao escuro moído grão. Esperarei por ti.

Nunca me perguntei por que viemos parar no Ausente. Viemos, ficamos, vórtices de pensamento: tu na escolinha, eu dando palavra aos doentes. Depois que nos juntamos, não seria bom mantermos a vizinhança com a família, somando coisas nossas aos baús dos teus pais. Tiveste vontade, Deja, viemos fazer aqui nossa cumeeira com vagas para as ninhadas de passagem. Os caibros foram ligados uns aos outros por teias e gosma, se encheram e se esvaziaram conforme as estações. Nunca estivemos sozinhos. Afastados das pessoas sim, sozinhos jamais. Nos demos conta de que solidão maior é essa, com a gente ao lado, mas não junto. Colada ao nosso beijo, mas enojada de nossa saliva.

Tivemos parentes assim; e eu, um velho companheiro: não quero usar para ele as duras palavras, seria um elogio. Tão o que há-de pior foi aquele Batista, que lembrar o seu nome me trinca os ossos. Fomos companheiros de remar, cevando o peixe, menos pelo prazer de fisgar, mais pela alegria de pôr no mesmo ritmo os nossos silêncios. Não havia rumor entre nós. Não carecíamos de discurso para entendermos o que ia na cabeça de um ou do outro. E não é que esse Atsitab revirou? Tornou-se adversário, uva sem vinho. O motivo? Às vezes não é preciso um motivo para trair o amor, basta o ódio. Seco, invejoso, infeliz. Dei pelo tamanho dos seus horrores quando pousei no Ausente. Antes eu preferia distância dele, mas aqui, clarividente, resolvi enfrentar sua sombra. O homem entrou no espelho e o quebrou. Dos cacos saltaram seus contrários, uma resma de escolhos. Engulhos. O revés da amizade. Mesmo eu, habituado a curar, adoeci. Me afastei, dei a distância por madrinha a esse que, se companheiro foi, deixei morrer.

    O Ausente é um emplastro. Em pouco tempo me acertei com sua alma. E ela me pedia para esquecer as arestas. *Esteja*, me dizia sua paisagem. Estive, sou um filete nos seus riachos. O Ausente é esse lugar onde uma pessoa fica de pé, mesmo descalça e pobre, principalmente por isso. Quando lhe perguntam *Estarás em casa, amanhã?* – essa pessoa responde *sim, no Ausente*. Aqui, quem está também não está. Disponível para andar o campo de troncos baixos, subir os paredões com águas que se suicidam. Quanto mais vivo o Ausente, maiores os seus perigos. Sob o musgo há brasa, e o mais calmo de seus moradores se amotina. Corália, rezadeira do seu tempo, Deja, o dos sonhos, que o diga. Sem nenhuma paciência com o corpo dos homens, aprendeu a curar suas feridas de longe. Quem viesse, primeiro admirasse sua casa: amarela, telhado vermelho, fumaça na chaminé. Ao redor, os moirões com o sinal do fim do mundo nas pontas. Quem viesse, que visse. A sala de terra batida, escura, e os santos cobrindo as paredes. Quem viesse, intuísse: aqui é outro lugar e a conversa também. Apenas Corália entoava, com sua roupa de monja, o cantochão perdido. *Em que língua ora pro nobis*, pensavam os visitantes. Ou nem pensavam, Corália era o enigma e o ímã, ninguém a decifrava mas se sentia atraído para ela.

Sua casa foi uma ilha.

Enquanto durou aquele tempo obscuro em que homens de óculos vigiavam a troca de asas dos besouros, Corália conversou diretamente com deus ao telefone. Essa não é uma graça para muitos. Desde que a vi, mãos em concha sobre a boca e os ouvidos, entendi que, em algum momento, eu também mereceria a humanidade de alguém que olha do céu, mas não vê o alto e o baixo, apenas vê e se recusa a ver tudo, mesmo podendo. *Dos cílios para dentro, cada um é dono de si*, emendava Corália. Não há certeza sobre nada nesse mundo, embora algumas sementes, dizia ela, só dão fruto por estarem na devida casca. Era o caso de sua casa, difícil de ser vista entre o cinza retorcido do cerrado. Quem a procurasse, tinha que se deparar com uma grande mancha, que se movia sob o sol e o vento. A cada segundo tudo mudava e a casa não estava onde se a tinha visto primeiro. Em seu lugar subia um ipê amarelo, depois dele um qualquer movimento – de bicho ou de gente? – difícil saber porque logo era uma agonia engolindo tudo. Quem quisesse estar em si, viesse a essa casa fincada no ar. Florida e leve, prestes a submergir no capim.

Sempre há de haver um lugar para as coisas belas. Se ao redor vocifera a fera, esse lugar será ainda mais presente – protegido dos ignaros. Sua língua é diversa, seu princípio, suas festas. O Ausente, onde vogamos, cresce à parte da miséria que o cerca. E nós, dentro dele, com mil contendas e algum humor, como sempre me lembras, Deja. Talvez isso explique os subversivos que vieram se deitar na rede do Ausente: nós, inclusive. E uma nuvem de pessoas que se leva ao inferno com um beijo, mas não se leva ao céu com um tapa. Não tenho conta dos acontecimentos nessa linhagem. Quando estão na berma, alguns me acodem: a vez que os compadres Damião e Cosme talharam os caminhos de um sem-sentido agressor de sua mãe. Estavam fora, os santos, e deram na volta com a mãe sofrendo pela humilhação do sem-sentido – nem cão poderia ser de tão ruim o seu modo de agir. Era uma sarna, merecia ouvir dos filhos uma lição que pai nenhum saberia ensinar.

Os justos enfurecidos bateram de casa em casa, agruparam os seus – como fazem para juntar uma charola de reis – e deram caça. Sua guia não era uma estrela. Fosse gente de outra parte, a gente saberia o desfecho – pontaria, fogo insano, sangue sobre a relva. Não. Gente do Ausente civiliza, não é da parte de quem dispara com o dedo na própria cabeça. No Ausente não se faz arma, se anima quem não alcança a altura de um substantivo: *Vem, pega essas miúças e somo ao sexto sentido*. É o que fazemos, a guerra é dos rancorosos. Não foi para os irmãos, que deram com a sarna enrodilhada num canto de pedra: gritaram que chegariam, depois silenciaram. A sarna respondeu com fogo, essa é a sua comida. Disparou, disparou, disparou. Seguiu noite adentro disparando, sem entender que o Ausente, no tempo, o dos sonhos, é uma bruma que entra pelas narinas e aumenta a natureza de cada um. Quem a tiver de vida, vive. Quem morre – seco, teso, arruinado – é porque nunca viveu. Por que me lembro disso, *minha amor*? Nunca tivemos notícia do sem-sentido, mas se disse muito dos irmãos que foram com a charola até a capela. Apenas, compungidos. Não foram enfrentar a noite, essa cuida e aparta a sarna de si. Sozinha, aflita para que a manhã chegue e ela possa, saciada, adormecer.

sempre-viva

Estou deitado, Deja, contando os minutos para a chegada da manhã. Um homem tem em si a noite e vaga, muitas vezes, atrás de uma estrela. Sinto tua respiração sob os lençóis. Tão fina a tua presença, liana que me suspendeu do abismo. Aos poucos, a luz fosca vai, como as cortinas da cozinha, se abrindo. E dá para ver as formas por trás dela. De todas, me fixo na parede do curral. Não faz muito, pintamos de branco sobre o reboco antigo, os buracos não desapareceram e nos observam como olhos fantasmas. Parece ser esse o jogo da vida: tudo o que vai cair nos espreita. Quando cairemos também, soterrados, é impossível prever. Na maior parte do tempo nos encostamos às paredes, aos objetos, uns nos outros, adiando a queda. Apoiado ao teu sono, Deja, não quero me levantar e guiar, sem hesitação, o projétil que me fará cair. Mas, se compreendi o que sou, não haverá graça em seguir, dia após dia, repetindo a mesma conta: às vezes de somar, quase sempre de dividir. Afinal, é isso que sou. Somos? Uma tesoura que corta a folha inteira para aumentar os pedaços do papel.

A luz da noite vai se extinguindo, os primeiros trilos avisam que alguém despertou. Preciso me decidir, pois logo despertarás e farás perguntas sobre a espingarda à vista na cozinha. *Tens viagem hoje, Inocêncio?* Ou: *te ameaçaram outra vez?* Não, não tenho viagem e as ameaças deixaram de ser promessa: não te contei das vezes em que o rocim correu por cima das nuvens, dos gemidos, das sangrias. Muitas coisas morrem em mim, Deja. Não sei o que o teu coração desejou durante todos esses anos. Nunca soube te perguntar sobre isso. Foste feliz, *minha amor?* Fomos, sei no plural, não no marco zero do teu coração. Preciso empurrar os lençóis para o lado e me erguer, porém, os trilos cessaram. Quem acordou voltou a dormir: posso permanecer imóvel, um pouco mais, com os olhos voltados para o teto. Entre tantas coisas para pensar, me vem à mente o derradeiro encontro com Zé Vítor. Foi uma alta conversa, que se vê longe, como um ipê sozinho no campo. Ele se foi, segui meu caminho, mas a conversa parece interminável.

É crime deixar morrer quem é ruim? – me pergunto. Ou é um jeito de equilibrar a balança, enquanto o dono da venda vai nos fundos fazer sabe-se lá o quê? Há sempre uma perna sobre a outra, é difícil saber onde começam ou terminam os corpos. Apesar disso, encontramos a parte que nos falta, mesmo que não seja para ficarmos juntos. Quem podendo salvar não salva, se torna uma pessoa ruim? O seu julgamento está pronto, antes de decidir o que deseja fazer? Tenho o pensamento entrançado, Deja. A conversa com Zé Vítor se assentou sobre mim como erva daninha que tira o encanto das palavras. Mas, se me fez pensar é uma erva boa, que serve de macia cadeira a todas as palavras. Desde aquela passagem na Lagoa dos Botes mastigo o amargo pão diário. No quarto daquele quase-morto, soube de algo, me esqueci e agora o relembro. O poder que me deram foi para remover o fundo do açude. Um trabalho de sacrifício e falsa saúde. Nunca tiveram a honestidade de me dizer que isso era uma sombra. Talvez não devessem, e dizer me salvaria? O problema é que todos estavam atados, minha mãe e meu pai, a parteira e as comadres. Os vizinhos, os bichos, as almas, as plantas – os ruídos ao redor de mim: a todos se exigiu cumplicidade. Tudo foi embrulhado em língua misteriosa para ser bem entendido, ainda que nada fosse decifrado. Assim se cria um corvo sob a conivência do verbo. E ninguém poderá, mais tarde, duvidar de suas qualidades.

Eu fui criado, eu me criei.

Mas sempre houve um desconforto como se algo sob a língua quisesse me dizer outras coisas. Como se eu quisesse, enfim, ser dito de outra maneira. A vida foi e voltou, o céu escureceu e clareou. Cruzei de ponta-cabeça a Bocaina e o Cervo, dormi ao relento em Ervália, sarei e adoeci em Boa Morte, revivi em Contendas, tive paz no Rio Vermelho. Fiz meu nome, me fizeram uma rara pessoa: Inocêncio, o que dispensava o chapéu da família para ser visto de longe. O desconforto, no entanto, crescia maduro, fruto invertido, querendo ser visto e se escondendo. Crescia fora da árvore. Afinal, para que me servia a benesse de curar sabendo que os curados temiam o seu benfeitor? Isso dizia mais ou menos do medo que havia em mim. E se eu me recusasse? Se negasse a língua? Se virasse ao contrário a erva curativa? E se eu? E se?

Naquele dia, o canivete de Zé Vítor cortou minha sentença: a de ser o herdeiro, de repetir o repetido como os que são afogados no rio e pensam que estão libertos. Naquele dia, Deja, compreendi tua maneira de sonhar e por que, desde sempre, insistias em desarmar o laço que me atava. O laço da obediência. Meu desequilíbrio, diante disso, foi amargo, mas a minha queda, não. Dancei como um senhor lagarto – sem deus, sem chefe, sem medo – na íris da pedra. Em segredo, concordei com Zé Vítor: não temos aptidão para andarmos ao lado dos fortes que usurpam nossa ternura. Pela primeira vez, me senti um caititu fora do bando. E apreciei correr o risco de estar sozinho. Mas, também me agradou não ouvir sempre os mesmos rugidos como se fossem sábias palavras. Eu sei e sei: eles dizem dizem dizem: é preciso estares atento, entre os teus, se não quiseres virar comida de onça ou de caronte. Dizem dizem dizem, eles dizem muitas coisas, misturam os sinos com os vinhos. Aprecio a advertência, tanto é que sumi, durante muito tempo, entre os meus iguais e isso não me bastou. A vaga estrela continuava acima do bando me apontando o risco: *não queres morrer tendo garras também? Como um caititu pintado: onça enleada à sua família?* Isso seria possível? – era a pergunta que me comia, não as ameaças fora do bando. Algo, no entanto, faltava para que eu saísse além da minha própria pele. Havia memória demais em mim, nuances de lua e não a lua mesma. Tudo raízes, tranças, urnas, nunca as onças. E a razão disso, Deja, qual? Eu devia adoecer para curar. Dobrar os joelhos. Morrer.

Entendo agora, sem o lusco-fusco nos olhos, o teu compadre Zé Lino, homem que subiu à altura das mulheres de sua casa. Não era porque dirigia a rural que ele dirigia a vida de alguém. Nem porque perdera a faquinha que não picava o seu fumo. Zé Lino não ficava no limite das coisas, nunca fez risco no chão, dizendo: *daqui não passo, aqui ninguém pisa*. Morava no Campo Alegre, onde se chegava depois de subir uma corcova de serra. Era ali, no meio do outro lado, que assistia com as reses contadas nos dedos, três vacas de porte e um boi cor de zinabre. *Não se esperasse dele o esperado*, arrematava, quando lhe pediam para dar fim às cobras em algum cercado. *Não mato o que é vivo, do mato, da caverna e que chegou antes de nós.* Para chegar a essa decisão, virou e revirou os ensalmos, discordando dos seus antigos. Rastreou o canto agoniado do alma-de-gato, deixou que o espinho rasgasse sua roupa, dormiu à entrada da loca, no sereno, onde escreviam as cobras. Demorou noites longe do Campo Alegre, leu, riscou em si o que aprendeu. Daí em diante, decidiu que tiraria mais a vida de suas irmãs, quando lhe diziam *Os rastros não sabemos de quem é, mas os feitos são de serpente*. Para ele, contudo, como se pode julgar apenas pelo pó da estrada? Pelo verniz que endurece a cara de um qualquer: juiz? Por isso, não mais que isso, se aceitava olhar algum terreno tomado pelos seres sibilantes, era para pedir-lhes que mudassem de campo. Foi assim, dialogando, que o liame entre Zé Lino e as cobras foi além das palavras. Ganhou carinho, respeito. A natureza lhe deu a oportunidade de medir o quanto somos pequenos se não aprendemos outras línguas.

Se ajunto esses pedaços de histórias, Deja, vejo Zé Vítor, Corália, Zé Lino e tantos outros formando um teto de igreja: alheios às regras, são mulheres e homens soltos na infância. São o contrário do que deveriam ensinar: deles se esperava que nos encurralassem no medo, porque tinham poder. Mas eles ensinaram com uma alegria sem obrigações. Se quiseram livres. Aliás, talvez tenham nascido para cortar as peias e tirar os arreios de nossas costas. Estão num céu baixo, entre os arbustos, um córrego azul e um sol que não morre. Ah, esse céu nosso, que alguma mão pintou e virou quadro nas paredes de nossas casas. Por onde se vá, do Ausente e qualquer parte, há quem tenha esse quadro. Esse paraíso dos pobres, sem a violência dos que roubam à fruta o seu doce. Busco nessa paisagem os trabalhos de Elza de Siqueira, filha de um contramestre de Folia, quase silenciosa. Não se sabe por que, desde menina, conversava pouco. E do pouco que conversava foi tirando seu pensamento: ficávamos boquiabertos quando Elza não falava. Às vezes, o desespero de sua família era grande. Elza se perdia por longas jornadas no campo ondulante de sempre-vivas. Subindo às terras de plantas amáveis, nos deixava agoniados mas, de certa maneira, felizes. O retorno de Elza era o conforto de nossas almas, o bem contra os ferimentos e as dores. Não havia nos arredores da Serra do Cavalo outro livro mais vivo do que ela. Um pensamento em liberdade, diziam o que dizem dizem dizem. Elza me observa nesse teto de igreja que, imagino Deja, torna possível o tempo, o dos sonhos. Estão todos aqui, ao alcance de um abraço. Não morreram e não estão vivos, podemos fazê-los transitar de um lado para outro do nosso coração. *Não é que precisamos de pouco*, eles nos perguntam. Sequer precisamos de um paraíso. Todo o acumulado absoluto – casto – não é humano. Toda pureza arrogante não serve de espelho para nossa imagem rota. Carecemos do escasso, que conhecemos a fundo. Entendemos da falta, que nos ensina a repartir. Queremos os cacos, sim, carcomidos na beirada, lisos encardidos, sem custo: são nossos parentes, os canivetes que nos separam.

Pertenço a essa lira e assumo meu caminho feito de estalos. Para resolver os dilemas alheios, tive que ver e dizer as coisas além do que elas eram. Deixei de ver o que cada uma delas era em si. Solitárias. Lagarto lagarto. Pedra pedra. Musgo musgo. Cada uma sendo o seu eixo, antes de se misturar às outras. Não foi diferente com as pessoas. Imagina, Deja, não te vi, quando te conheci. Além de ti, algo que nem tu sabias, deparei-me com a espiral,

> subindo
> > desde um poço
> > e se alargando
>
> em direção
> > em qual direção?

Não vi teus olhos, teus cabelos, tua pele. Não vi a estrela dentro de tua noite. Tua noite ao redor das samambaias ou do lápis – mágico mastro de Santo Antonio – que sulcava a folha. Não vi a bruma ao redor das letras anoitecidas. Não li o que escrevias, menos alcancei o que pensavas. Foi preciso me perder. Perder a casca e o miolo de mim para ver Mansueto

Corália Zelino Elza, tudo e todos, cada um, Zvítor, o lado avesso do bem-me-quer. Foi preciso cortar a aliança para estar ao teu lado. Foi preciso ser a própria inteligência, Deja, para sermos dois velhos negros vermelhos. O campo cerrado à nossa volta é um lugar com armadilhas prontas para comer – os erros e os acertos andam de braços dados e, nós, como nos livramos? O pior é o que vem do homem: trapaça, burla, engano. Um rosário que nos enforca se pensamos que esse é um modo de viver. O melhor também é humano, se nos deixamos ser germe, broto, grão: uma explosão que liberta a vida ainda que, para isso, ela definhe. A luz no Ausente é escura e nos ofende. Só quem vê desde si decifra esse espelho. Estamos aqui, Deja, esperando e partindo, imersos em hospitalidade. Arredios, soltos, cevando no quarto dos fundos um espinho de que cortamos uma parte, retendo a outra inflamada sob a pele.

A madrugada desliza em direção à boa hora. Os ruídos da casa ressoam isolados uns dos outros. Sei cada um deles: o crepitar da madeira, o deslizamento de umas das telhas, a corrida dos ratos sob o assoalho (o menor deles vai à frente, afoito), a passagem do vento na greta da janela. No quintal, a queda das folhas secas do fícus, o arrastar da ferrugem nas latas de flores, a batida forte da porteira. Logo tudo vai se misturar, girando, indo e vindo como a charola de Santos Reis. Continuarei a ouvir cada um dos ruídos – como ouço a rabeca, a caixa, a viola –, embora me interesse o atrito de suas conversas: sua roupa de festa: seu redemoinho. Estive tempo demais sob os lençóis, remoendo o que foi e não foi minha vida. Se os meus pensamentos fizeram barulho, foste generosa, Deja, seguiste no teu sono e na tua solidão. Estive contigo durante muitos anos, mas recordei, cortei e emendei por minha conta os fios.

Imagino, enfim, que me levanto, envolto pelo silêncio: me arrasto pelo corredor e, antes de alcançar a porta da sala, me detenho na cozinha. O piso está aquecido porque as brasas ainda crispam no fogão. Os gatos se recolheram perto dele. Dormem. Sinto um cheiro de laranja e café, alheia ao tremor de minhas mãos, a farinha esboroa dentro da cabaça. Sobre a mesa, um caderno e um lápis salpicados de polvilho. Num canto menos iluminado, presa a um gancho, a espingarda. Ergo os braços e a tiro do seu sossego. Avanço para o alpendre, me apresso, esgueiro entre o poço e as moitas. O vento frio da manhã me arranha o rosto e faz pesar a consciência: a arma está pronta? Usei os cartuchos novos? Não tenho tempo, a parede branca do curral me olha com desgosto. Com os olhos fantasmas de quem não verá, nem ouvirá nenhum suspiro. Sou eu, agora, que me empurro – não sei o que sinto, sei que os passos não se detêm onde havíamos combinado. O peito infla, a cabeça se explica, estou sorrindo, há um fragor que não repudio. A madrugada escorre, mas não finda: me ocorre ter entrado num tempo dentro do tempo, enquanto ouço o canto de uma rã que remonta desde o açude. Aperto o passo sob o céu ainda escuro, me afasto da casa e do curral, os pés afundam nesse lugar que não é terra nem água. Avanço com o risco da arma em punho. Chego na margem como se não pudesse viver se não tivesse vindo até aqui. Sinto o ar frio, o queixo enrijecido, me agacho com os pés enfiados na lama, forçando o corpo em arco para frente. A mão, sempre ela, põe em melhor ordem aquilo que conhece, sussurro. Seguro firme a coroa da espingarda e com um grito estico o braço e atiro ao ar, em direção do açude, a turva arma que vara a neblina cai sobre a capa verde do açude. E afunda.

Não sei se estou imerso na lama, sentindo meu corpo confundir-se a outros. Grumos, ramos, troncos – lesmas, besouros, grilos perguntam sobre a sorte desses membros estranhos que os empurram de seus lugares. Sei que se perguntam, sei pois ignoro a resposta. Com o rosto voltado para o céu, acompanho o voo da alma-de-gato: vinda de uma longa noite, ela se apressa. Assim, em repouso, vejo o mundo de fora e o mundo que me invade: não sei, sei, onde começo e findo. Sou um fio d'água, em curso, prestes a desembocar no açude. Porém, sei que estou detido pelos tufos de capim e pela terra, querendo avançar, e preso, incendiado por movimentos frios. Não sei, Deja, se estou deitado na cama, sob o linho dos lençóis. Não sei se atravessei a casa para ir até à margem do açude. Não sei, sei do calor que ocupa o intervalo entre o teu e o meu corpo – esse intervalo estreito e largo como um campo: as sempre-vivas balançando nele. Estendo a mão e não o alcanço. Na verdade, o subir e o descer de tua respiração me intimidam. Não faço nenhum gesto, penso muitas coisas. No quanto fui aranha, tecendo sobre os acontecimentos: os grandes perderam a medida, os pequenos ganharam fama.

Disse disse disse tantas vezes que eles dizem dizem dizem – será que não me dei conta da linha que nos atava? Não foi bem assim porque senão eu olharia para frente e não veria o passado. Eu seria como eles, dizendo fazendo ruído sem entender a razão das coisas. Quando tudo é nebuloso, ainda assim é possível saber o que tem sentido. Estive às voltas com minhas obrigações, com os olhos abertos para a névoa. Vi o fundo e entendi que era o mundo. Não era, poderia ser, era uma parte, talvez. Agora que me desobriguei das obrigações, penso em liberdade.

Desço através do buraco que a arma abriu no açude: estreito, abissal. Estou sonhando, Deja? ou o real entrou pelas minhas retinas tão rapidamente que já não sei onde ele começa ou termina? Desço pelas paredes escorregadias do buraco e a pressão da água, ao redor, me aquece e me protege com sua noite. Encontro lá, no centro úmido, o menino que se afogou em algum domingo da minha infância. Reconheço seus olhos redondos, transparentes. Não vejo neles o rosto de sua mãe, talvez a última imagem que se leva da vida. Talvez os mortos não tenham lembranças. Vejo nesse açude o que desejo. Nada. Tudo vencido, como uma saca de farinha no canto do empório. Por que mergulhamos, Deja? Porque confiamos na gentileza do rebojo, me dizes. Não, dormes profundamente, mas escuto tua voz em minha cabeça. O rebojo nos traga, esperamos por isso, até virmos à tona, despedaçados e feitos em um outro corpo. É um deixar-se ir pela coragem, se não é melhor nem mergulhar. Salto num derradeiro gesto vertical, sei que o útero se fecha ao meu redor. Quando me viro sobre o lado esquerdo, Deja, os lençóis fazem uma onda, é madrugada, ainda. Cerro os olhos e vejo por dentro. Sei que durmo, sinto o teu braço passando sobre o meu ombro. No tempo, o dos sonhos, assistimos.

sobre o autor

Edimilson de Almeida Pereira nasceu em Juiz de Fora, Minas Gerais, em 1963. É poeta, ensaísta e professor de Literatura Portuguesa e Literaturas Africanas de Língua Portuguesa na Faculdade de Letras da UFJF. Possui uma obra extensa e múltipla, com publicações nas áreas de poesia, literatura infanto-juvenil e ensaio, dentre as quais se destacam: *Entre Orfe(x)u e Exunouveau: análise de uma epistemologia de base afrodiaspórica na Literatura Brasileira* (Azougue, 2017), *Qvasi* (Ed. 34, 2017), *Guelras* (Mazza, 2017), *E* (Patuá, 2017), *Poesia + antologia 2015-2019* (Ed. 34, 2019).

© Relicário Edições, 2020
© Edimilson de Almeida Pereira, 2020

Dados internacionais de Catalogação na Publicação (CIP)

P436a
Pereira, Edimilson de Almeida
O Ausente / Edimilson de Almeida Pereira. - Belo Horizonte : Relicário, 2020.

132 p. ; 13cm x 19cm.
ISBN: 978-65-86279-17-7

1. Literatura brasileira. 2. Romance. I. Título.

CDD 869.89923
2020-2660   CDU 821.134.3(81)-31

Coordenação editorial Maíra Nassif Passos
Projeto gráfico e diagramação Ana C. Bahia
Fotografia da capa Guilherme Bergamini | Série "Quatro gerações"
Revisão Maria Fernanda Gonçalves

FSC
MISTO
Papel
FSC° C075537

Rua Machado, 155, casa 1, Colégio Batista | Belo Horizonte, MG, 31110-080
contato@relicarioedicoes.com | www.relicarioedicoes.com
@relicarioedicoes   /relicario.edicoes

2ª reimpressão [maio de 2023]
1ª reimpressão [janeiro de 2022]
1ª edição [novembro de 2020]

essa trilha foi aberta em 2001, em genebra. foi interrompida
e retomada sucessivas vezes. tornou-se visível em
riva san vitale em agosto de 2018.